― 書き下ろし長編官能小説 ―

媚肉病院のつゆだく治療

北條拓人

JN053742

竹書房ラブロマン文庫

目次

この作品は、竹書房ラブロマン文庫のために
書き下ろされたものです。

序章

「あ、彩《あや》ちゃんのおっぱい、もっと触りたい……」

カラカラになった喉奥《のどおく》に唾を呑み込み、河内将太《かわうちしょうた》はかろうじて声を搾《しぼ》りだした。

「ねえ、そんなにがっつかないでよぉ。将太、やさしくして……」

不満を漏《も》らす彩音《あやね》。けれど、その眼が笑っていることを確かめて、将太は恐る恐るその掌《てのひら》をふくらみに運んでいく。

シングルベッドの上に座り、互いに体を捩《よじ》って対面する将太と彩音。既に下着一枚にまで剝《む》かれた乳房の感触は、洋服越しよりも格段と官能味を増している。

マシュマロの如くふわふわである上に、ほっこりとした人肌の温《ぬく》もりが伝わる。さらには、深い谷間を作る肉房が、いまにもブラカップから零《こぼ》れ落ちそうで、ビジュアル的にも生々しく刺激してくる。

将太も彼女同様、下着一枚の姿だから、彩音のスベスベの絹肌が、直《じか》に身体に擦《こす》れて気色いいことこの上ない。

「ああ、彩《あや》ちゃんのおっぱい、きれいだぁ！」

凄まじい興奮に襲われた将太は、今一度生唾をごくりと呑み干してから、ゆっくりと十指に力を入れていく。鉤状《かぎじょう》に両手を窄《すぼ》ませてから、またゆっくりと開く。掌の中、魅惑のふくらみがムニュンとその容《かたち》を変えながらも心地よく反発した。

ブラカップ越しですらこれほどに官能的なのだから、直接触れたならどんなに気持ちいいだろう。必死にその愉悦《ゆえつ》を想像しながら、ゆったりと彩音の乳房を揉《も》んだ。

「やさしくして」と言われ、かろうじて自制させているが、さもなければ、激情のまま貪《むさぼ》るように揉み潰していたに違いない。

「これが彩ちゃんのおっぱいの感触なんだね。超やらかくて手が蕩《とろ》けそう！」

将太が掠《かす》れた声で囁くと、紅潮した頬《ほお》がむずかるように左右に振られる。

「んふぅ……そうよ。彩音のおっぱい、やわらかいでしょう……？　うふぅ……将太もやればできるじゃない……。そういうやさしい触り方してくれると……あうん……き、気持ちよくなれそう……」

同じ年なのに、彩音は年上のように将太をリードする。勝気な性格ゆえなのか、いつも将太は言いなりだ。それでも将太にとって、はじめての彼女であるだけに、それさえも愉《たの》しい。

(つ、ついに俺も童貞卒業の時が来たか……?!)

将太を悩ませる非モテ要素――

　〝童貞〟〝絶倫〟〝早漏〟〝巨チン〟――そのうちの一つがようやく解消されようとしている。

「ねえ、将太……」

ふっくらとした唇さえ紅《あか》く染め、彩音がそっと目を瞑《つむ》った。

刹那《せつな》に、心臓が口から飛び出しそうなほどバクバクしてしまう。

(うわあああ……。彩ちゃん、超カワイイっ!)

あらためて将太は、彼女の顔を見つめそう思った。

二十歳になったばかりの彩音は、未だ美少女と呼んでもおかしくない甘い顔立ちをしている。それも誰もが目を見張るほどの飛び切りの超絶美女なのだ。

将太が〝彩ちゃん〟と呼びたくなるのも、その少女質な面差《おもざ》しゆえだろう。

どうしてこれほどの美女が、将太に交際《こうさい》をOKしてくれたのか不思議でならない。

自分でも、ごくごく普通のどこにでもいる男だと思っている。

容姿的にイケメンであるわけでもなく、カッコがいいわけでもない。スポーツに優れているでもなく、面白キャラでもない。そんなナイナイづくしの将太のどこに、彼女は惹《ひ》かれたのか。

もっと言えば、逆に将太は非モテ要素を四つも抱えていて、それは未だ彩音にも打ち明けられずにいる。

「あ、彩ちゃんっ……！」

不安な思いをひた隠し、その名を呼び、乳房に覆《おお》わせていた手を薄い肩に移す。

下着姿を晒《さら》し、乳房に触れさせてくれる上に瞼《まぶた》を閉じているのだから、それはもう「キスして！」と、促《うなが》されているに違いない。

三か月前に告白して以来、ずっと友達以上恋人未満のもどかしい距離が急に縮められたのだ。将太の部屋への招きに応じてくれたのも今日がはじめてのこと。

見慣れたいつもの部屋も、彼女がいるだけで、空気がパッと華《はな》やぐほどだ。

しかも、その彩音が今は、美しいラインを描く鼻梁をくいっと少しだけ上向かせ、ふっくらと美味《おい》しそうな唇をツンと尖らせている。

どんどんテンポを上げる鼓動が彼女に聞こえはしないかと案じながらも、将太はスッと女体を抱きしめ、花びらのような唇に自らの口を近づけた。

むちゅっと、やわらかな物体に唇が触れると、そのままべったり押し重ねる。

「んふっ……」

不器用な口づけに、彩音の小鼻から小さく息が洩れる。

その吐息さえ甘く感じるほど、いい匂いが小柄な女体から押し寄せてくる。

甘酸っぱくも悩ましく、将太の心臓を締め付けるかのような香り。

ふっくらほこほこで、しっとりとした唇の感触には、天にも昇らん心地がする。

（すごいっ！　ふわふわで甘々だっ。超ヤバいっ！　ヤバすぎるぅ〜〜っ！）

胸板にあたるふくらみの感触も将太を夢中にさせずに置かない。ゴムまりともマシュマロともつかぬ物体が、パンと張り詰めながら、どこまでもやわらかく、将太の心を鷲摑《わしづか》みにするのだ。

口づけしているだけなのに、射精してしまいそうなほど興奮している。

その唇は、とても離れがたく、随分と長い口づけとなった。どこで息継《いきつ》ぎすればよいかも判らないため、息苦しくなるほどだ。

そのあいだ彩音は、嫌がる素振りを見せないばかりか、逆にキスを切り上げようとする将太の顔を積極的に追いかけ、後頭部に手を回し、何度となく音を立てて唇を求めてくる。

「むふん、うふぅ……。んむぅ、ほふぅ……」

彼女の息継ぎに合わせ、将太も空《から》になった肺に酸素を送る。

彩音は、まるでキスはこうするのと教えるかのように、時に将太の唇を舐《な》め、時に唇をべったりと押し付けて、自らそのやわらかさや甘さを味わわせてくれる。

ちゅるっと吸い出された舌を、彩音は口腔内へ導いてさえくれるのだ。

「んんっ……ふむん……ほふううぅっ……んむん……ぶちゅるるるっ」

おんなの体温を感じ、濡れた舌の感触を味わい、白い歯列の静謐《せいひつ》な感触を愉しむ。

嬉々として彩音の口腔内に舌を這《は》わせると、彼女も薄い舌を伸ばし、ねっとりと絡《から》みつけてくれた。

(うおっ！　すげぇぇぇぇぇっ！　舌が絡み合うのって、気持ちいい～～っ！)

舌腹と舌腹を擦りあい、互いの存在を確かめあうように絡みあう。

キスがこれほどまでに官能的であることを将太は眩暈《めまい》と共に知った。

女体の儚《はかな》いまでのやわらかさと弾力《だんりょく》にも脳髄《のうずい》が蕩《とろ》けそうになっている。

すっかり前後の見境を失った将太は、密着した上半身の間に自らの手指を挿《さ》し入れ、前に突き出た彩音の乳房に再び覆《おお》い被《かぶ》せた。

込み上げる激しい欲望を自制して、おずおずしたお触り程度に懸命に留める。「やさしくして……」が、脳髄にまで沁み込んでいるからだ。

それでも、その驚くほどのやわらかさと魅力あふれる弾力に、背筋が震えるほどの悦《よろこ》びを味わった。

「んんっ！」

触られた彩音は、甘い声を漏らしたものの抗《あらが》おうとはしない。むしろ、胸元を前に突き出し、挑戦的に乳房を差し出してくれている。

目元までぼーっと赤くなった美貌が、凄まじい色香を発散させている。

その悩殺の表情に勇気づけられ、将太は手指にそっと力を込めた。

「んふぅっ……」

掌に撓《たわ》められたやわらかな物体は、自在にそのフォルムを変えていく。

（ああ、おっぱいっ、やばい。手が気持ちよすぎるっ！）

大袈裟《おおげさ》ではなくこれまでの人生で、一番気持ちのいいものを触っていると、鋭敏な掌性感が告げている。

しかも、未だブラジャー越しであるにもかかわらず、将太をますます前後不覚にさせるのだ。

「ああん。ねえ、やさしくよ……。おっぱい揉まれるのって意外と痛かったりするの……。触らないでとは言わないから〝やさしく〟……。それを忘れないで」

少しむずかるような表情で、掠《かす》れ声が囁いた。

興奮に任せ、つい掌に力が入ってしまったようだ。

「ご、ごめんね。ただでさえ加減が難しいのに、おっぱいのやわらかさに夢中になって、つい……」

二度目のイエローカードに、ピンクの靄《もや》のかかっていた頭の中が、少しだけ晴れた。叱られるのも当然だろう。彩音を大切に思うなら、もっと慮《おもんぱか》るべきなのだ。

「でも、も、もう少し、いいよね？　彩ちゃんのおっぱいっ」

彼女の顔色を窺《うかが》いながら、ありったけのやさしさを声に乗せた。すると、彩音は、やわらかく微笑んだ。

「いいも何も、将太、おっぱいから手を放してないじゃん……。いいよ。特別にもう少し触らせてあげる……」

さらに頬を上気させ、そう言いながら彩音は、ふくらみを覆ったままの将太の手の甲に繊細な掌を重ねてくる。

「ありがとう。彩ちゃん……」

安堵と共にごくりと唾を呑み込み、将太はゆっくりと十指に力を入れる。鉤状《かぎじょう》に両手を窄《すぼ》ませてから、またゆっくりと開く。

「すごいよ。いつまでも揉んでいたい気にさせられる……。超やわらかくって、手が蕩けそうだよ」

しわがれた声で囁くと、紅潮した彩音の頬が、むずかるように左右に振られる。

「んふぅ……そうよ。彩音だって女子だもの……やわらかくって、当然よ……。うふぅ……ん、んぅん」

気の強い彼女の口調も途切れ途切れになり、色っぽさを増していく。しかも、その美貌には、蕩けんばかりに艶《つや》っぽい官能味を滲《にじ》ませている。

（今度こそ、俺におっぱいを触られて感じはじめた？　彩ちゃん、気持ちよくなっているのかな？）

さすがに口に出して訊《き》けないが、彩音の悩ましい表情は、そういうことかもしれない。その証拠に、将太の掌底《しょうてい》がぐいっと乳房を捏《こ》ね上げるたび、びくんと女体が愛らしくヒクつくのだ。

調子にのった将太は、ふくらみの側面から全体を中央に寄せるようにしながら親指の腹を中心にあてがい、不可抗力を装《よそお》って、その頂点をぐにゅっと押してみた。

「うんっ……」

途端《とたん》に、朱唇から漏れ出す甘い啼《な》き声。それは、ブラカップが中央にぺこりと凹《へこ》み、守られていたはずの小さな突起に擦れた証しだった。

童貞の将太にだって、それくらい判別できる。乳房を触られ、彩音が感じはじめたことを。なおも、艶《なま》めかしく女体をヒクつくせ、唇をわななかせる彩音に、将太はまたも凄まじい興奮に襲われた。抑《おさ》えようのない情動が湧《わ》き起こり、頭の中が真っ白になった。

「彩ちゃんっ！」

再び、その唇を求めようと、顔を近づけると、ふくらみを捕まえたままの手に力が加わり、そのまま彼女をベッドに押し倒してしまった。

「きゃぁっ！」

短い悲鳴に、さらに将太の牡《おす》本能が煽《あお》られる。

「ああ、彩ちゃんっ！」

仰向《あおむ》けになった彩音を追うようにして女体にのしかかる将太。その鼻先が華奢《きやしや》な首筋に突っ込んだことをいいことに、その白い柔肌にぶちゅりと唇を当てた。

「好きだっ。彩ちゃん、好きだよっ！」

込み上げる激情をそのまま口にすると、感情が一気に膨《ふく》れ上がり、下半身へと収斂《しゅうれん》していく。分身が激しく疼《うず》き、ただでさえ硬くさせていた分身をさらに硬く一〇〇％の硬度にまで勃起《ぼっき》させた。

「彩音のお腹に擦り付けているこれって、将太のおち×ちん……？　えっ！　こんなに大きいの？」

そのか細い声。睫毛《まつげ》を震わせて、恥じらうような美女。ブリーフパンツの将太だから、その巨チンのフォルムがより生々しく感じられるのだろう。

「凄く大きくて怖いくらい……」

大人っぽく年上のように感じていた彼女が、等身大の彩音に戻っている。その処女性はともかく、やはり彼女は乙女なのだ。

二十歳《はたち》ほどの若い女性には、極限にまで膨れ上がった将太の肉塊は、ある種の凶器に思えても仕方がない。

「ねえ、将太。こんなに大きなおち×ちんを彩音の中に挿入《い》れるつもりだった？」

恐る恐ると言った手つきで、彩音の指先が将太の肉棒を下着の上から確かめていく。ついには、その好奇心に勝てなくなったのか、ブリーフをグイッと引き下げた。

「えっ？　あっ！」

狼狽《ろうばい》の声を漏らす将太とは裏腹に、辺りの空気をブルンと引き裂いて飛び出す雄々しい分身。そのいかつい肉柱に、大きな瞳が、しぱしぱと瞬《またた》く。これが自分の中に入ってくるのかと、引いているのが透けて見えた。

（ああ、やっぱ。ダメか……。そうだよな。こんなち×ぽ嫌われて当然か……）

　しっかりと皮の剝けた肉柱の威容は、うら若き乙女の眼にはグロテスクに映るだろう。

　我が持ち物といえども、客観的に見て、その輪郭といい、血管の這い回る禍々《まがまが》しい雰囲気といい、凶悪な塊にしか思えない。

　分身の大きさを自慢にする男は多い。けれど、将太は小学生の頃に同級生から「巨チン！」とからかいを受けて以来、自分の巨根がコンプレックスとなっていた。

「彩音が知っているおち×ちんと全然違う……。こんなにごつごつしているなんて……。ねえ、過去にこれを受け入れた女性って、どんな人だった？」

　興奮と好奇心が、まん丸くさせた瞳に宿っている。

　勝ち気な性格ゆえであろうか、怖れている様子はない。細い人差し指を伸ばし、側面をツンツンと突いたりするのだ。

「か、過去にって……その、俺、本当はこれがはじめてだから……」

　やむなく童貞を白状する将太に、彩音の瞳が案の定、曇った。

「えーっ。それって童貞ってこと。道理で下手《へた》くそなはずね。痛いばかりで、全然気持ちよくさせてくれないのだもの」

彩音の歯に衣着《きぬ》せぬ物言いは、並の男であれば萎《な》えるのかも知れない。けれど、将太の並外れた性欲は、その程度では収まりはしない。しかも、彩音はなおもその指先で、将太の亀頭部をツンツンと刺激しているから萎えようもない。

(俺のち×ぽを触っている彩ちゃん、なんかカワイイ!)

清楚《せいそ》なお嬢様が、指先で悪戯《いたずら》をしているようで、さらに将太の欲望が熱く滾《たぎ》った。

「ヤバっ。将太のおち×ちん、こんなに熱い!」

ついには、肉茎を握りしめ、ひんやりした白い指の感触を味わわせてくれる。

鈴口《すずぐち》から多量の先走り汁が溢《あふ》れた。

「やだ。まさか、もう射精《で》ちゃったの?」

そんな勘違いをさせるほどのカウパー液が、糸を引いて彩音の手指を汚す。

「ち、違うよ。我慢汁が零れ出ただけで……おううっ……!」

ヌルついた先走り汁に、手のスライドが滑らかになる。

「こんなおち×ちん挿入されたら壊れちゃうわよ。将太が童貞なのは当たり前ね」

どうやら彩音には、将太に奉仕する気持ちは微塵《みじん》もないらしい。ただ自らの好奇心を満たすための手淫《しゅいん》のようだが、それでも獣欲が激しく湧き立つのを禁じ得ない。

「あ、彩ちゃん。ダメだよ。そんなにされたら……うおっ……や、ヤバイ! 射精《で》ちやいそうっ！」

亀頭部に肉皮を被せるように扱《しご》かれ、棹部《さおぶ》をギュッと握られて、鋭い快感が湧き起こり、あっという間に追い詰められていく。

ただでさえ早漏である上に、掌の感触が素晴らしくて堪《こら》えきれない。

込み上げる射精衝動に頭の中が真っ白になった。

「ああ、ダメだ。射精《で》る！」

手のスライドが十度も往復しないうちに、射精発作が起きてしまった。

重々しく白濁《はくだく》を貯め込んだ玉袋をぎゅっと絞ると、精嚢から放たれた熱い衝動が肉棹を遡《さかのぼ》る。

肉傘をぼっと膨れ上がらせる噴精に、凄まじい快感が背筋を走った。

「ぐわあああああぁっ！」

ドプッと鈴口から一気に白濁汁が噴き出した。その夥《おびただ》しい量たるや、細く長い彩音の指如きでは到底受け止めきれない。

「きゃあ！」

短い悲鳴を彩音が上げたのは、まずいことに、その激烈たる勢いと量の飛沫《しぶき》が、彼女の顔や髪の毛にまで掛かったからだ。

やがて飛沫がおさまると、その精液の量に彩音はポカンとした表情で呆《ほう》けていた。心持ち、美貌を上気させているのは、濃厚な牡汁の臭気にあてられたものか。

「もう最悪。汚いわねぇ……!!」

将太が「射精《で》ちゃいそう」と散々警告したにもかかわらず、弄《もてあそ》び続けたのは彼女の方だ。それを理不尽と感じても、将太から詫《わ》びを入れないわけにはいかない。

「ご、ごめんよ。彩ちゃんの手扱《てこ》きがあまりにも気持ちよすぎて……」

状況といい恰好といい、情けないことこの上ないが彼女の機嫌を取りたい一心だ。

「彩音のせいじゃないでしょう！　将太が早漏なのが問題なんじゃない……。童貞ってことも聞いてないし!!」

つき合う前に自分が童貞などと告白する男がいるのだろうかと疑問に思いながらも、将太は言い返せない。

「もうキモ過ぎるわ。これ以上はムリっ！」

プリプリと怒りながら、彩音は服を手早く身に着けていく。

「ごめん。全部、俺が悪かった。だから、これで終わりなんて言わないでよ」

この場の終わりは、やむを得ない。にしても、これで二人の関係が終わることだけは、どうしても避けたい。

懸命に拝み倒そうとする将太だったが、彩音の怒りは収まらない。

「その謝り方も気に入らないし……。大体、なによ。この状況で、おち×ちん、まだ勃《た》たせたままってどういうこと？　今度は彩音のことを襲おうって魂胆？　本当にキモいから!!」

一方的にぶち切れて、彩音は部屋を飛び出してしまった。

「あ、彩ちゃん……」

彼女を追いかけようにも、未だ将太は収まりの付かない分身を露出《ろしゅつ》させたままで、外には出られない。

為《な》す術《すべ》なく将太は、その背中を見送り、どん底へと落ちていった。

第一章　巨根に負ける巨乳ナース

1

「あらぁ、河内将太さんって、やっぱりキミなのね……」

待合室の椅子に腰かける将太の傍《かたわ》らに腰を屈め、やけに美人の看護師が声をかけてくる。

「へっ？」

けれど、将太は、その美貌の主が誰であったか思い当たらない。正確に言えば、見覚えはあるのだが、どういった知り合いなのか思い出せないのだ。

「あら、判らない？　私よ。仙道莉乃《せんどうりの》。キミのうちの隣りに住んでる……」

そこまで言われ、ようやく将太は思い出した。

「えっ？　うわっ！　り、莉乃さん。えーっ、どうして？　って言うか莉乃さんって看護師さんだったの？」

問診表を手に白衣を身に着けている彼女だから、ナースであることに違いない。

そんな言わずもがなのセリフを考えなしに吐くほど将太は驚いていた。

それほどここは、意外な場所――泌尿器科の病院――なのだ。

わざわざ大学やアパートから離れた場所にある病院を選んだにもかかわらず、よりによって、そこに隣人の莉乃が勤めているなど、偶然にもほどがある。

しかも、眩《まぶ》しいくらいの美しさの莉乃と泌尿器科との取り合わせも意外過ぎた。だから、余計に目の前の美人ナースと隣人である莉乃とが結びつかなかったのだ。

「そうよ。私はここの看護師なの。奇遇ね……。で、今日は相談に来たとあるけど、どうしたの？」

将太が記入した問診票に目を落としてから、再び莉乃はこちらに視線を戻す。

先日の彩音との出来事をきっかけに、この病院を訪れたのだ。

「どうしたって、ですから、そのぉ……」

下半身の悩みを打ち明けるのは、友人でも憚《はばか》られる。けれど、このままでは一生童貞でいる羽目になりそうで、散々思い悩んだ末に、将太はこの病院を訪れたのだ。

「だから、つまりですね、えーと……」

看護師として当然の問診をする莉乃に、将太はこのまま逃げ出そうかと真剣に考えた。

童貞はともかくとして、早漏と巨チンの悩みなど、とても知り合いの女性に打ち明けられるものではない。

腹をくくった今でも、医師に相談することに抵抗と気恥ずかしさがあるのに、これほどまでに若く美しい看護師に事前に打ち明けるなど、無理すぎた。

口ごもる将太に、何を思ったのか莉乃が、その美貌をそっと近づけた。

二重《ふたえ》のくっきりした大きな瞳がキラキラとこちらを見つめてくる。たとえ後ろからでもそうと判るほどの莉乃の美貌が、あり得ないほど近づいて、それだけで将太はどぎまぎさせられた。

仄《ほの》かな消毒液の匂いと、それを打ち消すような甘い香りが彼女から漂《ただよ》い、余計に将太を落ち着かなくさせる。

「もしかしてここでは話しにくいこと？　あっちの席に行こうか……」

ここは規模の大きな泌尿器科病院だけに、待合室も相応に広い。にもかかわらず、患者で混雑していた。

どうやらその状況を将太が気にしているのだと、彼女は勘違いしたらしい。

少し離れた一角に検査室があり、その部屋の前に備え付けられた椅子に、将太は導かれるまま腰を降ろした。

隣に莉乃も座るのかと思いきや、先ほどと同じように、その場に腰を屈めた。

「あっ！」

将太は思わず漏れ出しそうになった感嘆の声を懸命に喉奥に呑み込んだ。

片膝をつく美人看護師の白衣の内側が、視線に飛び込んできたからだ。

やや短めな白衣の裾が軽く捲《めく》れ、ムッチリと魅惑的な内ももが覗《のぞ》けた。

むろん、それは意図的なものではなく、ナースとして患者から話を聞くいつもの姿勢なのだろう。けれど、それは実に微妙な角度で、将太の目線にだけ晒されているのだ。

白いストッキングに包まれた太ももの官能的な眺めに、将太は下腹部がムズ痒くなるのを感じた。

「それで将太さんの相談って具体的に何かしら……。尿のこととか、それともあそこに痛みがあるとか？」

時折、顔を合わせては挨拶をする程度の間柄ながら、莉乃ほどの美人のお姉さんが隣に住んでいることをずっと意識してきた。

学生が住むような安アパートにはそぐわない、文字通り掃き溜《はだ》めに鶴のような存在なのだ。その美人のお姉さんが、今は白衣を着て、やさしい表情を浮かべ、将太に問いかけてくれている。

ここは泌尿器科であり、だからこそ彼女には、下腹部の悩みであると察せられて不思議はない。

「いえ。やっぱ、いいです」

その美貌を見ていると、やはり将太は、まるで思春期の子供みたいに逃げ出したくなる。そんな将太の手の甲に、そっと莉乃の掌が乗せられた。

「ダメよ。ここは病院なのだから恥ずかしがることなんて何もないわ」

天使のようにやさしく諭《さと》してくれる彼女に、将太は口を噤《つぐ》んでいられなくなる。

やわらかな掌の感触と視線にチラつく内ももの官能味に、気もそぞろなため理性や自意識が緩《ゆる》んだらしい。

「じ、実は、そ、早漏と巨チンに悩んでいまして……。しかも、絶倫すぎるのにも困っていて……」

もごもごと口ごもりながらも、相談内容を打ち明けた。

さすがに〝童貞〟に関しては、ここで相談することではないと胸のうちにしまい込んだ。

「あの……。早漏はともかく、巨チンって、あそこが大きいってことかしら？」

甘い顔立ちの美貌を赤く染めながらも将太の悩みを訊いてくれる莉乃。図《はか》らずも、美人ナースのそんな色っぽい貌《かお》を拝めただけでも打ち明けた甲斐がある。

「そうです。俺のは大きすぎて壊されそうとか、怖いとかって……。それが理由で彼女にも振られまして」

肝心なことを白状したせいで少しハイになっているのか、余計なことまで口をついて出てしまった。

「そ、そうなのね。確かに将太さんのペニス、大きいみたいだけど……」

そのセリフで、莉乃が頬を紅潮させている本当の理由が判った。

将太の目線が彼女の内ももを覗ける角度であったように、莉乃の顔の位置は将太の膨れ上がったズボンの前が丸見えなのだ。

「えっ？　あっ！」

そのことに将太が気づいたと見るや、莉乃が長い睫毛を伏せ、ズボンのテントから視線を離した。

「で、でも困ったわね。あいにく、この時間は風早《かざはや》先生しか空いていなくて……。それでも将太さんは構わない？」

莉乃が何を困っているのかはよく判らないが、この際、将太に医者の選り好みをする気はない。

「親身になってくれる先生ならいいです。莉乃さんにお任せします」

将太は真っ赤にした顔を縦に振り、莉乃に同意した。

2

（この病院は、どうなっているんだ？　どうしてこんな美人ばかり……）

少し待たされて診察室に通された将太は、その医師の顔を見た途端、まるで金縛りにでもあったように、その場に立ち尽くした。

「どうしました？　そんなところに立っていないで、そこに座ってください」

そう声をかけられた将太だったが、それでも呪縛《じゅばく》は中々解けない。彼女の凛《りん》とした佇まいと圧倒的オーラに気圧《けお》されたのだ。

それほどまでに、その医師は美しかった。

（この人が医者だなんてウソだろう？　女優とかタレントとかでも、この人の美しさには敵《かな》わないよ……！）

まずもって驚いたのは、その小顔だ。

将太の半分ほどしかないのではないかと思えるくらいに顔が小さいのだ。

あまりに小さい顔との対比で、アーモンド形の大きな眼が顔の三分の一ほどを占めているような印象を受ける。その眼は女医らしい理知的な光を宿し、細い柳眉《りゅうび》と相まって、意志の強さをあらわにしていた。

滑らかな稜線の額からすっと連なるように鼻筋が通り、小さく鼻翼を拡げている。

花びらのような唇は、清楚そのものでありながら、微《かす》かに色気も漂わせ、彼女の美しさを極限にまで高めている。

左右に分けられたストレートのロングヘアが、生身の人間よりもお人形のように感じさせる。

どちらかと言えば童顔ながら、整った顔立ちには表情が乏しく、とっつきにくい印象を抱かなくもない。こういう美貌をアイスドールと表現するのだろう。

けれど、それを差し引いても、彼女の美しさは恐らく将太が知る女性の中でも一、二を争う程で、正に〝飛び切り〟の美女なのだ。仕事柄か、必要最低限の薄化粧で済ませているらしいのに、眩しく輝いているように見える。

（やっぱ！　とてもじゃないけど、この先生に相談なんてムリだ……）

悩みを打ちあけることができそうにもないのだから、彼女の前に座る意味もない。

下手に相談をすると、下半身を診察するとも言われかねない。ならば、このまま逃げ出してしまうのが得策と考えた。

「すみません。やっぱいいです。お時間を取らせてすみませんでした」

そう言いながらぺこぺこと頭を下げ、踵《きびす》を返しかけた将太。だがふいに、美貌の女医の背後で待機する美人ナースが目に入った。

（ああ、この先生と一、二を争う美女がここにはもう一人いたのだっけ……）

莉乃は何も言葉を発しないものの、その眼で「意気地なし」と詰《なじ》っているようにも、慈愛たっぷりに将太を励ましているようにも見える。

（そうか。このままだと莉乃さんとも気まずくなるかも……）

単なる隣人であり、特に親しい間柄ではないが、既に莉乃には将太の悩みを知られているのだ。このまま帰っては、これから顔を合わせるたびに、気まずい空気が流れるのではないか。

それだけは避《さ》けたい。唐突に、将太の中に強い想いが湧き起こった。

莉乃と今以上にお近づきになれる期待を抱いている訳ではない。けれど、「それだけは何としても避けるべき！」と、頭の中で鐘が鳴り響いている。

（ここは一時の恥を忍び、勇気を出して相談してみるか！）

そう腹を決めた将太は、やおら小さな椅子に腰を降ろし、緊張した面持ちで、美人医師に向き直った。

「すみません、ちょっと慌《あわ》ててしまって……」

「いいんですよ。えーと。河内将太さんですね……。私は、ここのドクターの風早亜《あ》弓《ゆみ》です。で、悩みがあって相談したいということでしたね？」

風早亜弓と名乗るその医者は、急に態度を一変させた将太に、幾分戸惑うような貌を見せた。

「はい。河内将太です。亜弓先生、よろしくお願いします」

腹を決めたとはいえ、今度は緊張に襲われている。馴《な》れ馴れしく「亜弓先生」と呼んでしまったのも、その緊張のなせる業だ。

「ええ。よろしくお願いします……。それで将太さんのお悩みは、早漏とペニスの大きさだとか……」

将太の緊張を少しでも和《やわ》らげようとしてか、彼女も「将太さん」と呼んでくれた。

どうやら事前に行われた莉乃の問診は、きちんと亜弓に伝わっているようだ。

「は、はい。早漏です。早漏なんです。それに巨チンと絶倫にも悩まされていて、俺、非モテ要素、三重苦なんです」

緊張に切実さと悲哀が加わり、言葉のチョイスがおかしくなっている。ぷっと吹き出されても仕方ない滑稽《こっけい》さを醸《かも》し出している。

事実、亜弓と莉乃の口元が緩みかけた。それでも、職業意識の高い二人であるらしく、すぐにその口元は引き締められる。お陰で、将太は羞恥《しゅうち》せずに済んだ。

「非モテ要素三重苦は、意味不明ですが、お悩みは、おおよそ理解できました。それで、まず早漏の件からですが……。医学的な定義では、女性の中に挿入してほぼ毎回一分以内に射精してしまう状態を早漏と言うのです。で、将太さんはそれに当てはまりますか？」

極めて真面目な顔で亜弓が尋ねてくる。その口調もアイスドールにふさわしい、澱《よど》みのないものだ。

「判りません。残念ながら俺、女性経験がないもので、一分以内かどうかは……」

あえて〝童貞〟を言い換えたところに、まだ将太の自意識過剰が現れている。逃げ出したい気持ちが、またぞろ心をに湧いていた。

今にも亜弓から、分身を見せて見ろと言われそうで、気が気ではないのだ。

「ああ、そうなのですね……。だとしたら、実際に診察するのが早いですね。ペニスの大きさも実測してみましょうか……」

泌尿器科の女医であっても、さすがにこの手の相談は珍しいのだろう。亜弓にも幾分の緊張が見られる気がした。

「では、そこに横になってくださいね」

亜弓の背後に控えていた看護師の莉乃が、傍らに設《しつら》えられた診察台を指さし、そう言いながら動き出す。

やはり、こうなるのかとの思いもあったが、事ここに至っては腹を括《くく》るしかない。

莉乃の指示通り、将太は診察台へと移動し、仰向《あおむ》けに横たわった。

それを合図にベッドの周りを白いカーテンが覆っていく。

「はい。そのままズボンとパンツを膝まで下げてくださいね……」

亜弓と莉乃もカーテンの内側に滑り込んでくる。亜弓は、傍らの台からゴムの手袋を取り上げ、両手に嵌《は》めた。

女医が準備を整えてしまっては、将太ももたもたしていられない。指示通りズボンとパンツを膝まで引きずりおろす。

すぐに亜弓は、定規を手に将太の陰部を測りはじめた。

「では……。えーと、付け根から十二センチメートル。この状態だと日本人の平均より少し大きいくらいですね。ああ、でも、睾丸は大きい……。腫《は》れている訳ではなさそうなのに、ニワトリの玉子くらいはありそうですね」

ゴム手袋のひんやりとした感触が、皺袋の中の睾丸を確かめるようにまさぐる。

「でも、どうだろう。勃起すると普通以上のサイズになるのかしら？」

感情を窺《うかが》い知れないアイスドールが独り言のようにつぶやく。美しい瞳がちらりと将太の表情を窺った。

「うーん。これでは何とも言いようが……。あのね、大きくしてくれますか？」

美人女医の求めに、ドキッとした。

「お、大きくって、ち×ぽをですよね？」

何を求められたのか正しく理解した将太。それでも、確認せずにいられない。

こともあろうに亜弓と莉乃の目前で、勃起させろと求められたのだから、それも当然だろう。

「そう。いま、ここで勃起させてほしいのです。できますか？」

吸い込まれそうなほどに澄んだ瞳と視線がぶつかり、将太はさらにドキリとした。

「あの、でも、勃起させろと言われましても……その……」

人一倍精力を有り余らせている将太だが、勃起させろと言われて、それができるほど器用ではない。緊張も相まって、分身はむしろ縮こまっている。

「そうですよね。こればかりは意思の力でどうなるものでもないから……。それじゃあ、例のモノを……」

亜弓が莉乃に目配せすると、「判りました」とばかりに頷《うなず》き、カーテンの内側から出ていく。けれど、彼女はすぐに舞い戻り、亜弓に雑誌らしきものを手渡した。

「この成人雑誌でも眺めてみてはどうかしら?」

首を少し傾《かたむ》けながら成人雑誌を差し出す亜弓。けれど、エロ本を美人女医と看護師の前で読むのは、さすがに憚《はばか》られた。

3

「あ、あの。亜弓先生。私が……。将太くんのお手伝いをするのは、いかがでしょう? 医療行為ではないのですから構いませんよね?」

将太がどうすればよいか戸惑っているところへ、横合いから莉乃が助けを申し出た。

「お手伝いって……。うーん。まあ、莉乃さんがいいのなら……」

さすがに亜弓も意外そうな表情を浮かべながらも、美人看護師の提案を了承した。

「将太さんも、莉乃さんにお任せで、構いませんよね？」

意外な成り行きに将太は、ただただ面喰らうばかり。いいも悪いもなく、ただ反射的に首を縦に振った。正直、莉乃が何をするつもりなのかも、想像がついていない。

「ごめんね。将太くん。仕方がないの……。私に手伝わせてね」

言いながら美人看護師がベッドサイドに近づいたかと思うと、白魚《しらうお》のような手指を将太の分身にやわらかく絡めてきた。

いつの間にか彼女も医療用のゴム手袋をしている。それでも、そのヒンヤリした感触とやさしく繊細な指の絡みつきに、鮮烈な快感が押し寄せた。

「おわっ！　り、莉乃さん……。ぅうぉぉ……！」

細く長い手指が力なく萎える性器をやんわりと揉んでくる。

まさか莉乃がそんなことをしてくれるなど夢にも思っていなかった。

はじめて会った瞬間から、将太は美しい隣人の虜《とりこ》になっていた。

莉乃さんとヤリたい！　初体験するなら莉乃さんのような女性と……。そんな切実な思いを密かに持っていたが、むろん叶《かな》うはずもない望みと諦めてもいた。

あろうことか、その莉乃が、将太の醜い肉棒を握りしめてくれている。あくまでもこれは診察の一環であり、セックスをするわけでもないのだが、美人ナースに分身を握ってもらえるだけでも、凄まじい悦びが込み上げる。

「ふしだらだけど、こうでもしないと勃起できないでしょう？　大丈夫。ちゃんと大きくさせてあげるから……」

甘い顔立ちをはんなりと赤く染め、莉乃が吐息のように囁いた。

細められた声は酷く色っぽく、しなやかな指に揉まれる気色《けしき》のよさと相まって、一気に将太の興奮を呼び起こす。

羞恥や戸惑いは、いつの間にか霧散して、血流が下腹部に集中していくのを感じた。

「痛いとかあったら教えてね。気持ちいいのなら我慢しなくていいから……」

まるで子供をあやすような優しい口調。熱い息が腰骨のあたりに吹きかけられ、ムズムズするような甘やかな官能が、肉棹を硬くさせていく。まるで空気を吹き起こんだ風船のように、一気にその体積を膨らませた。

「凄いのね、将太くん。どんどん大きくなっていくわ」

自分でも、その膨張率には密かな自負を抱いている。女の子には、巨チンと嫌われがちだが、反面、男として優越感めいた誇らしさも抱いているのだ。

「本当に、大きいのですね……。いわゆる grower タイプ。平時よりも勃起時の方が大きくなるタイプのことをそう呼びます。サイズがそれほど変わらずに硬くなるタイプは shower と呼びます。将太さんは典型的な grower ですね」

「へえ。勃起してもサイズの変わらない人もいるのですね」

亜弓の説明に、将太が感心していられるのは、莉乃の手が肉棒から離れたからだ。

「おおよそ grower の人と shower の人の比率は、同じくらいと言われています。shower の平常時の平均は約11センチ。grower の平常時は平均約8．9センチとの統計があります」

つまり平常時に12センチある grower タイプの将太は、やはり大きい部類に属することになる。

「そして勃起時の将太さんのサイズは、18センチですから約1．5倍に勃起している計算です。太さも直径4．6センチと日本人の平均を2センチ近く超えていますね」

亜弓の冷静な解説を莉乃が受ける。

「確かに大きいみたい……。指で作ったリングが、届かなくなってしまったわ」

まるで眩《まばゆ》いモノを見るように眼を眇《すが》め、莉乃が将太の肉棒を確かめている。

「ああん。カウパー液が凄い量！」

例によって鈴口から滲み出したカウパー液の多量さに、美人看護師が声を上げた。その響きには、心持ち艶めいたものが感じられ、肉棒がさらにムズムズしてくる。

「す、すみません……」

決して咎《とが》められている訳ではないのだが、将太は謝罪の言葉を口にした。我慢汁の生臭い匂いを莉乃と亜弓に嗅がせている引け目を感じたからだ。

「何も謝る必要はありません。将太さんの反応は、健康な男性としてごく自然なモノなのですから……」

相変わらず抑揚の乏しい声ながら、亜弓がやさしい言葉をかけてくれた。

「それよりも、将太さんの言う巨チンの件ですが……。確かに平均のサイズを超えていますが、性交が不能となるほどの大きさとは言えないと思います。例えば、男性の平均サイズが世界一のコンゴ共和国は、その大きさが18センチですから、将太さんのペニスと同じくらいです」

確かに黒人男性には巨根のイメージがある。それと同サイズとあれば、やはり将太の逸物《いちもつ》は日本人離れした巨根であることは間違いない。けれどコンゴ共和国の男性は、立派に子孫繁栄を果たしている。すなわちセックスしているのだ。

「女性器というものは、男性の想像以上に柔軟性に富んでいます。新生児の頭が通過するのですから、そのようにできているのです」

いくら将太の肉棒が太くとも、しょせん、直径４．４センチメートル。赤子の頭の直径には敵わない。なるほど亜弓の言葉には、説得力があった。

「じゃあ、俺のち×ぽでも、セックスは可能なのですね？」

「もちろん！　とは言っても、人並よりも大きいことは間違いないのですから、経験の浅い女性にとっては恐怖の対象になりかねないことも、理解しておいた方がよいでしょうね。で、もう一つの懸念《けねん》の早漏の方ですけど……」

言いながら亜弓が、莉乃に目配せをした。

合図を受けた莉乃は、正しくそれを理解して、再び将太の逸物を握りしめる。

「えっ？　うおっ！　り、莉乃さん……」

再び湧き上がる悦楽に将太は目を白黒させて狼狽《ろうばい》した。このままでは、おっつけ射精してしまう。ただでさえ、美人看護師が自分の分身を弄ぶ僥倖《ぎょうこう》に興奮は限度を超えているのだ。

「ごめんね。将太くんが、どれくらいで射精するのか確かめさせてもらうね。このましごくから、我慢せずに射精《だ》して」

心のどこかに早漏を露呈させる羞恥が残されている。そんな将太の想いなど置き去りにして、莉乃の手が上下運動を開始した。

「いいえ。できる限り射精を我慢してください。どれだけ耐えられるのかを診《み》たいのですから」

横合いから亜弓の指示が挟まれる。いわれなくとも将太は懸命に歯を食いしばり、悦楽に耐えた。

「莉乃さんは、一刻も早く将太さんを追い詰めてくださいね。愛《いと》しい人を慰めるように気持ちを込めて……」

頷いた莉乃は、おもむろにゴム手袋を脱ぎ捨て、直《じか》に肉棒を擦りはじめる。

肉幹に美人看護師の掌《てのひら》の感触と温もりが沁み込んでくる。まさしく甘手《あまて》と呼ぶにふさわしい掌は、ひどくやわらかくしっとりとしている。

「将太くん、いつも独りでこんな風にしているの？」

湿り気を帯びた色っぽい響きで、莉乃が尋ねてくる。

「は、はい……」

そのあまりの気持ちよさに恥じらいは消え去り、将太は素直に返事をした。

「どこが気持ちいいとかある？」

美人のお姉さんが童貞を弄ぶような淫靡《いんび》なシチュエーションが連想され、興奮がいや増す。それは、莉乃も同様であるのか、上目遣いで将太の様子を窺う瞳が妖しく潤《うる》んでいる。

「さ、先の方とか……」

「そうだよね。亀頭部とか神経いっぱい通っているものね。裏筋とかもでしょう？」

そうだとばかりに頷くと、莉乃が熱っぽい眼差しで熱い息を吐いた。

剝き出しになった亀頭部に吐息を吹きかけられ、やわらかな手指に揉まれる心地よさ。下腹部にムズムズするような甘い官能が一気に襲い掛かる。お陰で、肉幹がもう一回りその体積を膨らませた。

「ああ、ウソっ！　凄いわ。まだ大きくなるなんて……。直径5センチくらいにまで膨らんだ。ペットボトルをひとまわりスリムにさせたくらいかも。確かにこんなペニスを見せられたら尻込みする娘もいるでしょうね」

感心するように、またしても溜息をつく莉乃。けれど、その手は決して将太の分身から離れることはなく、ついには亀頭部を半ば覆う肉皮をやさしく剝いてしまうのだった。

「あおっ！　り、莉乃さんっ……」

あまりの気持ちよさに腰を持ち上げて喘《あえ》ぐ将太。押し寄せる快美感を我慢しようにも我慢しきれない。

「これくらいの強さなら、扱《しご》かれても痛くないでしょう？」

美人看護師は仕事熱心なのか、将太が相手だから念入りにしてくれるのか。願わくば、将太のことを少しは想い、手淫してくれるならうれしい。

「うおっ！　はううっ!!　おほおおおおっっ！」

為す術なく土俵際まで追い詰められた将太。酷く長い時間我慢したように感じるが、現実には美人看護師は、十度も上下させたかどうか。

切羽詰まった掻痒感《そうようかん》が、ムズムズとやるせなさを伴《ともな》い、性急に将太を落ち着かなくさせている。玉袋のあたりがズンと重くなったように感じるのは、そこに劣情の大本が煮え滾《たぎ》っている証拠だろう。

「ムリに我慢しなくていいからね。うふふ。将太さんカワイイ！」

ずる剝けになったエラ首に鋭い快感が走り、びくんと腰を震わせてしまう。自慰では味わえぬ予期せぬ喜悦に、さらに多量の先走り汁が吹き出した。

「あん。もうイッちゃったのかと思うくらいカウパー液がいっぱい。もう少しかしら……そろそろ射精《イ》きそうね？」

時に甘く指の輪で締めつけ、時にそのすべすべつるつるを味わわせるようにスライドさせて追いつめてくる。その甘い顔立ちからは、想像もつかない淫らな手つきで確実に肉棒の余命を奪っていくのだ。

「ぐううっ。り、莉乃さん、俺っ！」

「いいよ。イッて……！」

やさしく射精を促してくれる莉乃に頷きながらも、傍らでじっと成り行きを見つめている亜弓にも将太は許しを請うた。

「せ、先生っ……もう俺、射精《で》ちゃいますっ！」

「いいですよ、射精《だ》しても……。頑張りましたね。いっぱい射精《だ》してください！」

まるで自分の膣中に射精を許すような亜弓の口調。クールな表情は相変わらずながら、この異常な状況に彼女も幾分興奮しているのかもしれない。

勝手な将太の想像ながら、その妄想がさらに興奮を高めた。

亀頭部を擦る肉皮と指肉が、ずりりと付け根にまで引き下がっていく。もはや、放精することしか頭の中になくなった将太は、恥じ入る余裕もなく、ひたすら快感に溺れていた。

激しく腰を打ち振り、猛然と美人看護師の掌に擦りつけている。

「ああっ、射精《で》ますっ、俺、もうイクうううううぅ～～っ！」

雄叫《おたけ》びを発しながら将太は、ついに堪《こら》えていた発射トリガーを引き絞った。

ずどどっと劣情が尿道を遡る喜悦に、脳神経が焼き切れ、頭の中が真っ白になる。

びゅびゅっと鈴口から飛び出した夥しい白濁汁。その凄まじい勢いを封じようと亀頭部に被された莉乃の掌を吹き飛ばす勢いで、二発目、三発目の噴精が起きる。

「ぐふぅ……ぐううぅっ！」

おんなの華奢な手では防ぎきれないほどの多量の樹液。その長く白い指と指の間から次々に零《こぼ》れ落ちていく。

途端に診察台を覆うカーテンの中を、牡臭《おすしゅう》が充満した。

「ああ、すごいわ。こんな量の精液が吐き出されるの、はじめて見るわ……。大きな睾丸にいっぱい貯めていたのね」

驚嘆の声を上げながら莉乃は、なおも掌で精液を受け止めてくれている。

（なんて気持ちいいんだ……。掌に射精するだけでこうなのだから、きっと莉乃さんのおま×こに射精《だ》したら気持ちよすぎて死んじゃうかも……！）

「うっ！　ほあああぁっ」

なおも情けない悲鳴を漏らしながら、さらに吐精を繰り返す。彩音の弄ぶような手つきとは異なり、愛情さえ感じられた莉乃の手淫に圧倒的な快感を呼び起こされ、なかなか射精発作が止まらないのだ。

「うん。射精まで約四分でした。早漏の定義は、挿入して一分以内に射精してしまう状態です。女性への挿入ではなく、手で慰められたことを差し引いても、これなら早漏ではありません。女性との性行為も可能なはずです」

あまりにも冷静に診断を下す亜弓に、将太の昂《たかぶ》りも冷却されていく。けれど、残念ながら分身まで収まりがついたわけではなかった。

「あん。絶倫ってこういうことなのね。亜弓先生、将太くん、こんなに射精したのに、まだ私の手の中で勃起させていますう」

亜弓とは対照的に、色っぽさを増した莉乃の声。その言葉通りに、若牡の肉棒は鋼《はがね》の硬さを維持し続けている。

けれど、これは歴《れっき》とした診察であり、風俗などとは違うのだから、収まりがつかなくとも、これを分身をズボンの中に押し込めるしかなかった。

4

「医学的には、俺は早漏ではないのだし、巨チンではあってもセックスは可能。絶倫も元気なだけで問題なし……。でもなあ、じゃあ俺はどうすればいいんだ？」

亜弓からは、「全て問題なし」と、お墨付きを得たものの、結局のところ何一つ解決していないようにも思える。

確かに病的な早漏、巨チン、絶倫ではなかった。だが現実問題として、将太はあっけなく射精し、ペニスは女の子が引くほど大きく、いつまでも性欲がおさまらない体質であることに変わりはないのだ。

それらの問題は相変わらず将太の童貞卒業を阻《はば》み、コンプレックスのもとであり続けている。とりわけ、本来は男として誇らしいはずの巨チンに関しては、幼少期における痛手もあって大問題だった。

「クスリという方法もないではないけど、あまりお勧めしたくありません」

釈然としない将太だったが、亜弓からは毅然《きぜん》とそう告げられている。

クスリの投与は、ホルモンのバランスを崩しかねないとのことだった。

「はあぁ……。にしても、莉乃さんのち×ぽ擦り、気持ちよかったなあ……。また、して欲しいけど、そんなこと頼めないよなあ……」

あれから外で、早めの夕食を済ませアパートに帰ってきた将太。隣の部屋の様子を何気に覗いたが、まだ莉乃は帰っていないようだ。

「莉乃さんの手の余韻をおかずにしようか……」

悩みは解決されず恥ずかしい思いもしたが、反面、望外に気持ちよくしてもらえたのだ。それも、あの高嶺《たかね》の花《はな》のような美人ナースにしてもらえたのだから、むしろ得をしたとさえ思える。

甘い疼きを孕《はら》んだ股間をジーンズの上から揉み込むと、思った以上に鮮烈な快感が背筋を駆け抜けた。

先ほど射精したばかりの分身は、それ故に敏感さを増しているようだ。

たまらずジーンズを脱ぎ捨てようとベルトを緩めた瞬間、ピンポーンとやけに大きな音が部屋に響いた。

「うおっ！」

呼び鈴のあまりのタイミングの悪さに喉がなる。慌ててベルトを締め直し「はい！」と玄関に向かい返事をした。

「あ、あの……。隣の仙道《せんどう》です」

涼しくもやわらかい声に、途端に、心臓が早鐘を打ちはじめる。

「ちょ、ちょっと待ってくださいね。すぐに出ます」

大急ぎで部屋の中を見渡し、見られて不味《まず》いモノがないかを確認する。幸いにも先日彩音を招き入れた際《さい》に、しっかりと掃除は済ませていた。

うんと頷いてから部屋と玄関を隔《へだ》てる扉を開き、勢い込んで玄関ドアも開けた。そこには、今の今まで頭に思い浮かべていた美人看護師が、私服姿で立っていた。

「ごめんね。急に……。ちょっとお邪魔してもいい？」

その言葉に、心臓がさらに鼓動を早めた。あまりのドキドキに不整脈さえ起こしそうだ。

「ど、どうぞ……」

ドアを開けた途端に入り込む春の空気は、心持ち甘い花の匂いを載せている。

体を壁に寄せ、莉乃を部屋に通すと、彼女の後《おく》れ毛からもふわりと甘い匂いが漂った。仄《ほの》かに消毒薬の匂いを感じたのは、彼女の仕事柄だろう。

「お邪魔します」

時刻は六時を回っているから、外はすっかり暗くなっている。

「うふふ。思いの外、綺麗《きれい》に片付いてる。男の子の部屋は、もっと散らかっているものだと思っていたけど」

将太は考え方が古いのか、いくら隣人とはいえ、独身女性が男の部屋に上がり込むのは、やはり無防備すぎるように思える。

「ちょうど気が向いて掃除したてで……。いつもはもっと凄いです。とてもおんなの人を部屋に上げるなんて……」

言った側《そば》から莉乃が女性であることが意識される。それも飛び切りの美女なのだ。盗み見るようにその美貌を覗くと、くっきりとした二重《ふたえ》が刻まれた大きな瞳と視線がまともにぶつかった。

まるでゼリーにでもコーティングされているようなぽってりした唇は、いますぐにでも吸い付きたくなるほどの官能味に溢れている。病院では、憚《はばか》られていたピンクルージュが、その魅力を一層引き立てていた。

「あ、て、適当に座ってください。いま、お茶でも……」

「お構いなく。気を使わなくていいよ」

台所に向かおうとする将太の腕が捕まえられた。咄嗟《とっさ》の行動であったらしく、莉乃の手は弾《はじ》かれたように離れていく。

おしゃれに切りそろえられたショートカットの艶やかな髪を揺らし、床に置かれたローテーブルの前に、ぺたりと莉乃が腰を落とす。

安物のカーペットながら比較的新しく、掃除も行き届いているはずだから彼女が直接座ってても嫌な思いはさせずに済むはずだ。

テーブルを挟み将太も腰を降ろした。

対面する莉乃は、昼間のナース服とは打って変わり、若々しさを感じさせる装い。ぴったりとした水色のオフショルダーのニットを身に着け、その女性らしいボディラインを惜しげもなく晒《さら》している。さらには、下半身を覆うベージュのスカートは大胆なミニ丈《たけ》で、ストッキングに覆われた生唾物の美脚を覗かせている。

（やっぱ、莉乃さんって、スタイルいいなあ。しかも、なんだかいつもよりエロいかも……）

仕事モードの凛とした姿勢が解かれ、いまは華やかでありながら清楚な手弱女《たおやめ》ぶりを漂わせている。

けれど、その圧倒的な存在感は変わらない。恐らく、その凄まじい美女オーラが、彼女を自信たっぷりに見せるのだろう。

二十六歳の美女が纏《まと》う空気は、未だ瑞々《みずみず》しい乙女の雰囲気を残しながら、大人のおんならしい落ち着きもあり、凄まじくいいおんな振りを発揮している。

特に、将太の視線は、自然とその胸元に吸い込まれてしまう。彼女が微《かす》かに身じろぎするばかりでも双《ふた》つの豊かな肉房が悩ましく揺れるからだ。

その上、彼女は看護師らしいやさしさと面倒見のよさも持ち合わせている。屈託《くったく》のない明るさと気立てのよさも魅力だ。

そんな莉乃と間近に接し、将太が思春期真っ只中の高校生のように心臓が高鳴るのも無理はない。それも、つい数時間ほど前、彼女は熱心に将太の肉棒を慰めてくれたばかりだからなおさらだ。

「や、やっぱり何か……。あっ！　お茶とかよりもお酒がいいですか？」

落ち着かず将太は、ソワソワと腰を浮かしかけると、それを制するように美人看護師が口を開いた。

「あのね。もし、よければだけど、私に将太くんの看護をさせて欲しいの……」

「お、俺の看護って……何です？」

「将太くんを悩ませている早漏と絶倫の看護を……。巨チンの方は、治しようがないけど、手助けはしてあげられるかなって……。自信をつけさせてあげるとか」

ポッと頬を赤らめ恥じらう様子の莉乃。それでいて、その瞳は色っぽく潤ませている。

「看護ってことは、何か治療もするってことですか？　でも、亜弓先生は何も……」

「そうね。いわゆる医学的な意味での治療ではないかも……。つまり、将太くんの悩みを解消するには、場数を踏んで慣れることが一番の近道だと思うの。だから、そのお相手を私でよければって……」

美貌が、ますます上気して赤みを帯びていく。自らの大胆な提案に羞恥すると共に、幾分の興奮もあるのだろう。

期せずして、白百合のように上品で慎ましやかな印象の彼女が、艶めいたフェロモンを発散させているのを感じた。

半ば混乱した頭でも、莉乃が何を言っているのか、正しく理解したつもりだ。お陰で将太の下腹部はドクンと脈打ち、急速に血液を溜めていた。

「り、莉乃さんが俺のお相手をしてくれるのですか？　よければどころか、こんなうれしいことはありません！　それって俺の〝童貞〟も看病してくれるってことですよね？」

あまりに将太にとって都合のよい提案に、またしても腰が浮き上がりかけている。ローテーブルがなければ、すぐにでも麗《うるわ》しの女体に震い付いていたはずだ。

「もちろん。それも私に任せて……。正直に告白すると、私も性欲が強い方なの。だから、将太くんが絶倫に悩む気持ちも判っちゃうの……」

莉乃の清楚な美貌の内側に、そんな一面が隠れているなどとても信じられない。将太を勇気づける方便かもと思わぬでもないが、その色っぽく上気した美貌が、もしかするを本当のことかもと思わせる。

「うふふ。医者はスケベが多いって聞いたことない？　実は看護師もなの。欲求不満を抱えるナースって比較的多いのよ。出会いの場も少ないし……」

なるほど医療従事者は、命にかかわる仕事だけあって、過剰なストレスに晒されている。そのストレスが性欲となって現れるのかもしれない。さらには、医師不足、看護師不足に多忙を極め、ろくに欲求不満も解消できずにいるのかもしれない。

「さっきも将太くんのペニスをお擦りして私、発情していたの……。ふしだらでしょう？」

「ふしだらなんて、そんな……」

「ううん。やっぱりふしだら。将太くんの大きなペニスに触発されているのだもの。とっても濃い牡《おす》の匂いにも……」

清楚であった顔立ちが、いまは酷くセクシーであり、その瞳には性欲の焔が燃えているようにさえ映る。

「いまもなの。まだ発情が収まっていないのよ……」

言いながら、おもむろに服を脱ぎはじめる莉乃。自らの上半身の前で両腕を交差させニットの裾を握りしめるや、躊躇《ちゅうちょ》なく上にまくり上げていく。

朱唇をしきりに舐めるのは、その言葉通り、火照《ほて》るカラダに喉が渇くのだろう。

「あっ、あぁ、莉乃さん……」

引き締まった腹部が見えたかと思うと、あっという間に濃紺の下着が露わになった。

白い絹肌と濃紺のエロティックな対比が、強力な破壊力を持って将太に迫る。

辛うじてブラカップに収められたたわわなふくらみが、容易《たやす》く将太を悩殺した。

(ああっ、莉乃さん、ヤバいよ……。美し過ぎて目が潰れちゃう!!)

ニットから頭を抜き取ろうとする彼女の身じろぎに、そのやわらかさを保証するように美巨乳が揺れまくる。

魅惑のふくらみから優美に流れゆく曲線美は、キュッとお腹のあたりで括《くび》れてから急激に丸みを帯びて実らせている。その腰部の充実ぶりに、しっかりと女体が成熟していることが見て取れる。

「あ……ああ……」

緊張と劣情が頭の中で交差して、まともに声を発せない。

あんぐりと口を開けたまま呆然自失の将太を尻目に、莉乃はゆっくりその場に立ちあがり、腰部に手を運ぶと、スカートのファスナーも引き下げた。

(り、莉乃さんは本気だ……。本気で俺とセックスするつもりなんだ……)

腰部に取り残された最上部のホックも外し、美人看護師は細腰を屈めてスカートを下ろしてしまう。それぱかりではない。蜜腰にまとわりついた濃紺のパンティも躊躇《ためら》いなくずり下げると、自らの背筋のホックも外してしまうのだ。

十代と見紛《みまが》うほどの瑞々しさを残した透き通る白肌。やわらかさとハリを併《あわ》せ持つ美しい湾曲。細くしなやかでありながら肉感的なボディラインが、見事な脱ぎっぷりで、惜しげもなくその全容を晒されている。

その神々しいまでの美しさと官能味に、将太は圧倒されて声も出ない。呼吸さえ忘れて、ただひたすら莉乃の眩い裸身に視線を釘付けにした。

5

「ねえ、いつまでそうしているの？　私だけ裸じゃあ恥ずかしい……。そっか。私が看護してあげなくちゃいけないのよね。将太くんを脱がせてあげなくちゃ……」

まるで熱に浮かされてでもいるかのように言いながら、莉乃がゆっくりと女体をこちらに近づけてくる。恥じらうような微笑を浮かべながらも、その悩殺的な女体を隠そうともしない。

前に突き出すように、乳肉が容《かたち》も悩ましいドーム型に張り詰め、柔らかそうにユサユサと官能的に揺れている。

純白の乳肌にはシミ一つなく、その頂点でほんのりと桜色に色づいた乳首はツンと上を向いて、将太の視線を真っ正面から受け止めている。

むろん、将太が凝視しているのはそこばかりではない。彼女の腹部や腰部、脚部はおろか下腹部までしっかりと目に焼き付けている。

「もう！　そんなに見られると恥ずかしいよ……。将太くんの視線、痛いくらいだもの……」

伸びてきた白魚のような指が将太のシャツのボタンを上から順に外していく。

「うおっ！」

露わになった将太の小さな乳首に、莉乃の朱唇があてがわれた。その間にもジーンズのベルトが緩められ、器用にファスナーも降ろされていく。気がつくと、将太はブリーフパンツ一枚に剝かれていた。

「うふふ。でも、そんながっつくような視線が、とっても嬉しいな！」

将太の様子を窺うような上目遣い。掠れた声を漏らしていた朱唇が、またすぐに将太の乳首に舞い戻る。

ぬめっとした唇に乳首を覆われたまま、純ピンクの舌にくるくると乳輪の外周をあやされると、尻の穴がムズムズするような、くすぐったくも芳醇《ほうじゅん》な快感が湧き起こり、ツンと小さな乳首が勃起する。

「あうううぅっ……。あっ、あぁ……」

童貞の将太であっても、女性が乳首愛撫《あいぶ》に喘ぐ姿はAVなどで見慣れている。それと同じ反応を今自分がしているのだ。酷く恥ずかしいが、あまりにも気持ちがよくてどうにもできない。唯一、肉塊だけがパンツの中でガチガチに硬直を強めた。

「ああ、やっぱり逞《たくま》しい……。その存在だけで、おんなを圧倒するのだから本当に凄いわ」

その場に跪《ひざまず》いた莉乃が、一気にパンツを引き下げた。

「あっ！」

短く声を上げる将太。その意思とは関係なしに、外気にさらされた肉茎の先から、プクッと透明な露《つゆ》が溢れた。

「ああん。すごい熱気」

活発に血液が海綿体に流れ込んでは、凄まじい熱を発している。

肉幹に醜い血管が浮き上がり、ドクンドクンと脈打っている。

我ながらグロテスクと感じる分身が、またぞろ将太に羞恥心を起こさせる。

傅《かしず》く莉乃の鼻先に禍々《まがまが》しい肉塊がそそり勃《た》っているのだ。

「あの……。すみません。勃起した俺のち×ぽ、醜いですよね……。気持ち悪いとか恐ろしいとか思いませんか？」

「そんな謝ることなんてないよ。この勃起したペニスに私は欲情しているの……。確かに迫力たっぷりだけど、気持ち悪いなんて思わない。むしろ、逞しくて素敵！」

「本当ですか？　こんなに血管が浮き出ていて、ゴツゴツしていて、イボガエルみたいじゃないですか……」

莉乃ほどの美人から持ちものを褒められると、長年のコンプレックスが少し癒される気がする。嫌われるどころか、むしろ美女を惹きつけているのだと知り、不思議な気分でもあった。

そんな将太の思考を思ってか、美人看護師がクスクスッと笑った。

「将太くんって思春期の男の子みたい。まあ仕方ないのかなぁ、ずっとコンプレックスを抱えていたのだものね……。でもね、むしろ自信を持つべきよ。だって仕事柄、男性器を見慣れている私が発情させられるほどの逸物だもの」

その言葉に勇気づけられ、改めて莉乃の美貌に視線を戻すと、讃《たた》えるような眼差しに出くわした。瞳を潤ませて、色っぽくも濃厚なおんなの魅力を漂わせている。

「この立派なペニスが本当に初めてなんてもったいないわ……」

惜しげもなくハイスペック女体を見せつけたまま、硬直を包みこむシルクの指。

肉軸の太さを確認するようにぎゅっと握られ、将太はううっと情けなくうめく。

一目その美貌を見た瞬間から、初体験できるなら莉乃さんと——と、儚い高望みであった彼女が施《ほどこ》す、蕩ける手しごき。数回のストロークにも耐え切れずに射精してしまうのは確実だ。

「とても男前なペニス……。発情したおんなには目の毒ね」

こんなにあからさまに男性器を褒められるなど、思ってもいなかった。

小学生の頃、プールの授業前など、その大きさと剝けきって丸出しの早熟亀頭をからかわれたものだ。

「太くて、硬くて、長さもたっぷり。芯が真っ直ぐに通っているでしょう？　おんなにとっては最高の容《かたち》よ。やっぱり自慢していいと思う」

将太の前に傅いた莉乃の指が肉茎の根元から先端までなぞってくる。

「は……ひっ、莉乃さんの指……感じますっ」

診察台で擦られた時よりも二人きりで気が散らない分、数段気持ちがいい。

「あぁん……。将太くん。カワイイ！　とってもエッチな顔をしてる」

莉乃が肉茎越しに自分を見上げている。湿り気を帯びた吐息とハスキーな声に、穂先を震わせた。

「あぁん。また濃いぃカウパー液がたっぷり……。お口でお掃除させてね」

繊細なガラス細工のような指先が根元に絡みついたかと思うと、急速に美貌が近づけられる。窄められた朱唇が、ぶちゅりと鈴口に重ねられた。

「おわあああっ、莉乃さん？　おゔぉぁぁぁっ!!」

微かな接触だけでも、ぞくっと下半身に震えが来た。ねっとりと湿り気を帯びた唇粘膜の感触は、手淫以上に気色いい。

「ああ、将太くんのカウパー液、とっても濃くて塩辛い。思えば、このカウパー液の匂いを嗅いだ瞬間に、発情させられたのかも」

親指と中指で作られた輪が肉棹を移動しながら、ゼリーコーティングされた朱唇が何度も亀頭部を啄《ついば》んでいく。全て呑み込もうと試みてはいるものの、さすがに莉乃の上品な唇では肉幹が太すぎて難しいようだ。

「やだ。将太くんのおち×ちん、お口に含もうとすると顎が外れてしまいそう！」

やむなく、その代わりとばかりに、丁寧に亀頭部を舐めてくれる美人ナース。鈴口から湧き出る先走り汁に莉乃の涎《よだれ》が混ざり合い、肉傘の滑光りがさらに増した。

ショートカットの髪が揺れるたび、甘い匂いに鼻先をくすぐられて、将太の昂ぶりが煽り立てられる。

「余程、気持ちいいのね。腰が落ち着かなくなっている」

あんぐりと開いた朱唇が、天を突くほど肥大した肉勃起に覆い被さる。再び呑み込もうと試みたが、やはり難しいらしい。それでも生温かい感触に、亀頭部の半ばほどが覆われた。

「ぐわあぁぁ〜っ！　た、食べられちゃう！　俺のち×ぽが、莉乃さんに食べられるぅ〜っ！」

ベーと伸ばされた舌の感触が、ねっとりと裏筋に絡みついている。肉エラには美人看護師のもう一方の指がまとわりつき、特に敏感な個所がなぞられていく。

初体験の口淫奉仕。肉幹まで呑み込まれるフェラチオとまではいかないが、それでも将太の官能はマックスに振り切れている。しかも莉乃ほどの美女に咥《くわ》えてもらえたのだから、その心地よさと充足感だけで、やるせない射精衝動が込み上げる。

「ううううっ。だ、ダメです。莉乃さん……。き、気持ちよすぎて俺……」

危険水域に達したと告げたつもりが、むしろ莉乃は将太をさらに追い込もうと、掌のスライドをさらに速める。

律動と共に締め付けられ、もう一方の手には、肉エラをあやされる。

「うぅぉぉ～～っ！　もうダメです。射精《で》ちゃう。でも、このままでは莉乃さんのお口が汚れちゃいます！」

込み上げる射精衝動に、オクターブの高い呻《うめ》きを漏らさずにいられない。

「いいよ。将太くん。私のお口でも、手でも好きな場所に射精《だ》して……。その方が、初体験するときに、少しでも持続するはずだから」

朱唇から漏れ出す吐息が、肉棒の先端に熱く吹きかけられている。ショートカットの髪から立ち上る甘く芳《かぐわ》しい匂いも、将太を凄まじく陶酔させる。

辛うじて三擦《みこす》り半《はん》で果てるのは耐えたが、カップ麺が出来上がるほどには、時間は過ぎていないだろう。

「さあ、私のお口を将太くんのザーメンで充《み》たして……」

終わりを悟った美人看護師が再び鈴口を唇で覆うと、ギュギュルルッとふしだらに吸いつけ精液を吸い出そうとする。肉幹を律動する手指の絶妙の締め付けが、ついに将太を昇天へと導いた。

「ぐわぁぁぁぁ～～っ。で、射精《で》ますっ！　莉乃さぁ～～ん！」

精嚢《せいのう》で煮えたぎっていた濁液が尿道を勢いよく遡る。

昂奮が正常な呼吸を阻害し、体内の熱気が気道を焼いた。

「うんんっ……。むふん……。んふぅ……。ああ、こんなにいっぱいぃっ！」

怒涛《どとう》の噴精を口腔で受け止めた莉乃。けれど、あまりに多量の精液に、覆わせていた唇を慌てて鈴口から引き離した。

お陰で二弾、三弾と続く牡液が、甘い顔立ちを盛大に穢《けが》した後、ねっとりと深い胸元の谷間へと流れ落ちた。

6

「んふぅ……んんっ……。ひゅ、ひゅごいっ……！」

顔射を受け美貌をドロドロにされた莉乃。にもかかわらず口腔いっぱいに溜め込んだ子種を恍惚《こうこつ》の表情で呑み込んでいる。

「おわあぁぁっ！　り、莉乃さん、ごめんなさい。顔中ドロドロにしてしまって」

自らのしくじりの大きさに慌てる将太。テーブルの上に置かれたティッシュボックスを彼女に手渡してから風呂場へと走り、水を張った風呂桶にタオルを浸《ひた》して、急ぎ彼女の元へ取って返す。

「莉乃さん。これで顔を拭いてください」

絞ったタオルを手渡すと莉乃は、「ありがとう」と言いながら受け取り、顔を拭《ぬぐ》った。けれど、不思議と彼女に、将太の粗相《そそう》に腹を立てている様子は見られない。

「本当にごめんなさい。まさかこんなに盛大に莉乃さんの顔にかけてしまうなんて」

「気にしなくていいよ。顔で受け止めたのは、はじめてだけど、好きな場所に射精《だ》していいって言ったのは私だし……。それよりも、将太くんって本当に絶倫ね。まだペニス、大きくしたままじゃない……」

サラサラの髪に付着した精液をタオルで拭いながら、艶冶《えんや》な微笑を浮かべる莉乃。ゾクリとするほど淫らで美しいその貌を眺めながら、将太は未だ萎えることのない肉塊をぶるんと大きく跳ねさせた。

「ああん。ウソでしょう。逞しすぎちゃう！　手も使わずにペニスを跳ね上げるなんて……。ねえ、将太くん。そろそろしちゃう？」

いくら鈍い将太でも莉乃が何を〝しちゃう？〟と、訊いているのか判った。

「し、したいです。俺、莉乃さんとセックスしたい！　でも、いいのですか？　ゴムも何もありませんよ？　生《なま》で挿《い》入れてしまっても……」

「いいわよ。私、いま安全な日だから……。ねえ、早くぅ……」

こちらにおいでとばかりに両手を広げる莉乃。その凄まじい魅力に抗《あらが》いようもなく将太はフラフラとそのハイスペックボディに引き寄せられた。

「ごめんね。こんな淫らなおんながはじめてのお相手で……。でも私、もう我慢できない。将太くんのザーメンが濃すぎるせいよ。医学的にあり得ないのだけど、お腹の中で燃えているの。ほら、こんなにカラダが火照っているでしょう?」

躊躇いがちに近づいた将太の首筋に、美人看護師の両腕が巻き付いた。そのまま軽い体重を預けるように女体全体で押してくる。

膝立ちしていた将太の腰がドスンと床に落ち、そのまま美女に押し倒される。

「うふふ。私、普段はこんなに積極的じゃないのよ。物凄くエッチな気分にさせられているのもあるけど、将太くんが可愛いからしてあげたいの……」

そう言い訳しつつ、至近距離に来た甘い顔立ちが、凄まじく愛らしい。

「このまま私が……莉乃が上になっていいよね。将太くんのはじめてを莉乃が奪っちゃうのだから……」

うっとりと美貌を蕩けさせた美人ナースが、またしても掌を肉棒に巻き付ける。その誇らしげに天を衝《つ》く肉塊の真上に、むっちりとした美しい太ももが跨ってくる。

「り、莉乃さん……」

大きな瞳をキラキラと潤ませ、莉乃がそっと腰を浮かせると、自らの陰部を将太の肉塊と交わる位置に移動させた。

そうして掌を将太の太ももに載せ、背を反らせ気味に女淫を近づけてくるのだ。

「自分から迎え入れるなんて、淫らな莉乃の記憶が将太くんの頭に焼き付いてしまうね……。でも、構わない。莉乃は将太くんの初めての相手として、ずっと記憶に刻まれるの……。おんなとしてこんなに誇らしいことはないわ」

なるほど彼女が言う通り、初体験の相手として莉乃のことは一生忘れることはないだろう。これほどまでに美しく、淫らな女性を。そして、まるで聖母のような慈愛を浮かべたこの美貌を。

「いまこの瞬間が、将太くんのしあわせな思い出になるとうれしい」

ふしだらな行為をしているとの自覚からか、半ば興奮気味につぶやく莉乃。その言葉通り、将太にとってしあわせな初体験になるはずだ。

「り、莉乃さん……っ！」

引き締まったその細腰をゆったりと運び、男根を迎え入れる位置にずらしていく。

将太の腰の上、美人看護師が自らの下肢を折り畳んだまま、左右に大きく太ももをくつろげた。そうすることが大きな肉塊を受け入れるために必要なのだろう。同時に、はじめての将太に、男女が交じりあう全容を晒すつもりのようだ。

「あぁ、莉乃さんのおま×こが……っ！」

我知らず将太は、首を亀のように長くして、莉乃の秘部を視姦した。

「いやだ、もう。そんなに見ないで……。ううん。やっぱりちゃんと見て。莉乃が将太くんのおち×ちんを挿《い》入れるところ。恥ずかしいけど見ていて！」

熱にでも浮かされているようにつぶやく莉乃。いつの間にか〝ペニス〟から〝おち×ちん〟に呼び変えている。

（看護師らしい莉乃さんから、素顔の莉乃さんに変わったのかも……）

そんなことを思いながらうっとりと莉乃を見つめるうちに、彼女の一方の掌が、自らの女陰の中心に将太の肉柱を導いた。

「莉乃さん。なんていやらしいことを……。でも、大丈夫なのですか？　俺のち×ぽ、やっぱデカすぎませんか？　どう見てもおま×こ、狭すぎる気が……」

既に一度、今日だけで二度射精しているお陰で、少しは冷静に女陰を観察できる。

楚々とした花びらに彩られた可憐にほころぶ純ピンクの膣口は、明らかに将太の肉棒とサイズ違いだ。これでは、とても将太の太棹が収まるとは思えない。

初心《うぶ》な将太の疑問にぎこちなく微笑みながらも、美人ナースは小さく頷きながらカーペットに後ろ手をつき女体を支えた。

「たぶん大丈夫。亜弓先生も言っていたように、おんなのあそこは柔軟性が高いから……。将太くんほど大きなおち×ちんは経験ないけど……」

少し心細げに呟いて、眉根を寄せる莉乃。将太の疑問が伝染し、こんなのが自分の腹に入るのかと心配になったようだ。

相変わらず屹立《きつりつ》する赤黒い剛直は、棍棒のように太くて硬い。肉壺の快感を想起し、期待で我慢汁が溢れている。

「大丈夫。だって莉乃は将太くんのおち×ちん欲しいのだもの」

年上の美人ナースは内心の不安を打ち消すように呟くと、いきり立つ肉塊の先端を自らの恥唇にあてがい、上下に滑らせてから蜜口と嚙《か》みあわせた。巾着状《きんちゃくじょう》のいびつな環が拡がり、チュプッと鈴口を咥えこむ。

途端に押し寄せる人肌のヌメリ。蕩けた媚肉《びにく》のクレヴァスが鈴口にキスしただけで、将太の背筋に鋭い喜悦が走った。

「おううぅっ！」

思わず呻きをあげる将太の顔をじっと莉乃が見つめてくる。けれど、その瞳には何も映っていないのかもしれない。その証拠に将太にはお構いなしに、細腰が小さく円を描いては、なおも女陰と亀頭部の淫らな口づけを繰り返すのだ。

「このくらいで、もういいかなぁ……。じゃあ、挿入《い》れるね……」

どうやら将太の蛮刀に蜜液を擦り付けていたらしい。将太は無言のまま、ぶんぶんと首を縦に振る。

顔を真っ赤にして爆発寸前の自らの心臓音を聞いている。

緊張で身じろぎ一つできずに莉乃がどうするのかをひたすら見つめた。

美人看護師は後ろに傾けていた体重を戻し、将太の肉棒の上で蹲踞《そんきよ》するように身構えると、その美脚を大きくくつろげ、ゆっくりと細腰を落としはじめた。

ぬぷちゅっ、と湿った水音が響き、温かくやわらかなものに亀頭部が突き刺さる。

「ぐお……っ」

「んふぅぅっ……んん〜〜っ！」

将太が喉を唸らせたのと莉乃が小鼻から漏らした声がシンクロした。

「んふぅ……す、すごい……。お、大っきい……！」

丸くて硬い亀頭部にヌルンと粘膜が圧迫感と共に擦り付けられるのを感じた。ぬぷっと肉エラが潜《くぐ》り抜けると、想像以上に締め付けのキツイ膣肉がうねりながら将太の肉幹を包みこみ、なおも内部へと迎えてくれる。

もどかしいほどにゆっくりと挿入されてゆくのは、肉塊の質量が莉乃の予想を上回るからに相違ない。

「んあぁっ！　ふぅっ、将太くん、なんて硬さなの……！」

「ぐうっ、莉乃さんの膣中《なか》、すっごい絡み付いてくるっ」

みちみちと艶肉を押し広げては、ぱちゅんっという淫靡な水音を結合部から弾けさせる。さっきまでおんなのカラダを知らなかったペニスで、恥肉を味わいながら不規則に跳ね、膣道を圧迫した。

「ん、んふぅっ……んんっ、はうぅっ！」

苦しげな吐息を漏らしながら、なおも一ミリずつ着実に将太の分身を呑み込んでいく蜜口はパツパツに拡がって痛々しいほど。肉管はミリミリッと音が漏れてきそうなほど狭隘《きょうあい》を極めている。

相当な膨満感や異物感に苛《さいな》まれているのだろう。莉乃は眉間に深い皺を寄せ苦悶の表情を浮かべていた。

（あぁ、凄い……どんどん呑み込まれていく！）

やわらかくも窮屈《きゅうくつ》な肉鞘《にくざや》は、入り口がゴム並みに幹を締め付ける巾着であり、内部も相当な狭隘さで侵入した肉柱にねっとりとまとわりついてくる。しかも、その肉畝《にくうね》は、つづら折りに連なる複雑な構造と、ざらざらした感触でも将太を魅了する。

（やばい、本物のおま×こって挿入《い》れるだけで、こんなに気持ちいいんだ……！）

凄まじい官能が背筋を駆け抜け、腰が抜けるのではと危うい予感を感じさせる。

あまりの気持ちよさに、もしかすると現実ではないのかとさえ思えてくる。

「お、俺、挿入《はい》っているのですね？　莉乃さんの膣中《なか》に……」

「ええ。そうよ。挿入《はい》ってるよ……。将太くんのペニス。莉乃の膣中《なか》に挿入《はい》っているわ」

頬を上気させて応える美人看護師の官能味に、射精衝動が誘発される。

「もっと、莉乃のおま×こを将太くんの童貞おち×ぽに味わわせてあげるわね」

言いながら莉乃が膝のクッションを利用して、結合を確かなものにする。体位を固めてから、小刻みに振動を与えてくるのだ。

「うう、ううう。ああ、いいっ。くわあぁ……それ、すごくいいです！」

莉乃は乗馬にも似た動きをもって、徐々に互いの生殖器を馴染ませていく。清楚に見えても、やはり彼女は年上のおんなであり将太よりも経験豊富なのだろう。

一般的に童貞や、経験が少ない男性は早く達しやすいことを承知していて、それゆえ、いきなり激しくしないのだ。

「うふふ。もう少し奥まで導いてあげるね」

莉乃は腰を前後に揺さぶって肉棒を導いた。ふんだんに分泌した愛液の助けもあって、亀頭は滑らかに膣奥に沈んでいく。

やがて長大な偉容は、奥底に辿《たど》り着いた。トンと膣奥に切っ先がぶつかった衝撃が、ゴージャス女体に身震いを起こさせる。

「ん――――！」

子宮口に触れられた莉乃がきゅっと唇を結ぶ。我知らずのうちに息んでしまったのだろう。膣洞がムギュッと窄まり、ただでさえ射精寸前にあった将太は、眉間に皺を寄せて喘いだ。

「ぅあ、あぁぁぁ……。り、莉乃さぁ～～ん！」

胎内で怒張を引き攣《ひっ》らせた直後、噴水の如き怒涛の精液で子宮口をしこたま叩いた。女陰を焼かれるような熱さと衝撃に、おんなの悦びが女体にも起きたようだ。

「ほうううううううぅんっ！」

慌てて蜂腰を持ち上げ、肉棒を引き抜く。退く蜜襞《みつひだ》にぞぞぞっと肉幹を擦られ、「ぐほおおおっ」と情けない声を将太は上げた。

酷く敏感になっている分身が、たちまち肉幹に溜まった残滓《ざんし》を全て放出させた。

「ああんっ！」

何事が起きたのかと訝《いぶか》しむ表情を見せる莉乃。じゅわわわっと膣奥に温もりが拡がる感覚に、美人ナースはそれを悟ったらしい。我知らず膣口を淫靡に窄ませながら、莉乃は驚きの表情で将太の顔を覗きこんでいる。

「将太くん、イッちゃったのね？」

「す、すみません。あんまり気持ちよくて、頭の中が真っ白になって……」

申し訳ないような情けないような、さらには恥ずかしいような複雑な心境に、将太は、瞳を潤ませて弁解する。その初心《うぶ》な告白が、二十六歳のおんなの胸中を甘酸っぱくときめかせたらしい。

「ああん。挿《い》入れてあげただけで、イッちゃうなんて……なんて可愛いの！」

莉乃はその美麗な女体を前方に屈ませ、将太をきつく抱き寄せてくれる。黒髪の頭を豊胸の谷間へ押し込め、双臀をくねらせて懊悩《おうのう》している。

「それに熱いの……。将太くんの精液、熱すぎて……」

牡汁に膣肉を焼かれる甘い疼きが、はしたなく陰唇をパクパクと蠢《うごめ》かせている。素股《すまた》さながらに密着した膣口が肉幹を啄むのだ。

「うぶぶぶ……り、莉乃さん」

果てたばかりの敏感な分身を刺激され、将太は声を上ずらせた。

本日、三度吐精して萎えかけた肉棒が、あっという間にその硬度を蘇《よみがえ》らせる。スベスベの乳肌が頬にあたる心地よさ、ひどくやわらかな物体に鼻や口を覆い尽くされる多幸感を将太は目いっぱい味わえた。

「本当にすみません。勝手に膣内《なか》に射精《だ》してしまって……」

「心配いらないわ。さっきも言った通り、今は、できやすい時期じゃないの……。将太くんが不安なら後でお薬を呑んでおくわ。生理不順に備えて持っているから」

怒張が十分な硬さを保っていると感じ取ったのか、莉乃の抱擁《ほうよう》は弛《ゆる》み、豊潤なふくらみが将太の顔から離れていった。

再び女体を起こし、蜜腰を浮かしてから、またも両手を背後の床に突いて上体を支えた。

7

「うふふ。将太くんの絶倫のお陰でまだ愉しめそう……。あぁぁん。二度も射精《だ》しているのにまたこんなに硬くぅ」

豊かに張り出した骨盤が垂直に沈み込み、再び切っ先を呑み込んでいく。甘い顔立ちに浮かべたコケティッシュな微笑が、漣立《さざなみた》つ官能に歪《ゆが》んだ。

「うおおおぉぉぉっ！」

将太が勝手に撒き散らした牡汁が潤滑油《じゅんかつゆ》となり、先ほどよりもスムースに膣奥にまで迎え入れられる。

（これって二度目のセックスになるのかな。それとも、まだ初体験が続いている？）

馬鹿げているとしか思えない疑問が頭に浮かぶが、さっきよりも少しは余裕が生まれている証拠だ。

「今度は自分で動いてみる？」

艶美極まりない微笑みが将太に降り注《そそ》ぐ。

「動かすって、下から突き上げるってこと？」

促された将太は、恐る恐る腰を下から突き上げる。

それを受け止めるように莉乃は、後ろ手で支えた上体を反らし、容《かたち》のいい豊かなふくらみを高々と突きだし、艶やかな蜂腰を自らも揺すらせて快感を貪っている。その悩ましい媚肉に、将太は肉棒を抜《ぬ》き挿《さ》しさせるのだ。

本能に任せた抽送《ちゅうそう》は、やはりどこかギクシャクしていてお世辞にもスムースとは言えない。けれど、ありったけの情熱と愛情を込めたつもりだ。

「はああ……」

眼を閉じて美貌を横に向けていた莉乃が、切なげに悩ましい息を吐いた。手を伸ばした将太が双乳のふくらみを掌に捉え、やさしく揉み潰したからだ。

指先が乳肉に埋まるたび、薄く朱に染まったドーム状の乳房が、プリンのようにプルプルと揺れた。

「あぁ……。こんなにおっぱいが疼いていたなんて……。おっぱいを揉まれるとおま×こにまで疼きが伝わるの……」

魅惑の乳房をまさぐりながら将太は股関節をくねらせ、屹立を上げ下げした。M字に両脚をくつろげたおんなの股間へ、真下から小刻みなピストンを送り込む。

「あっ、ああん、いいわ。将太くん上手。その調子よ。どう？　気持ちいい？」

「はい。温かくて滑らかで、ちょっと動いてるだけなのに溶けちゃいそうです」

先ほどの中出しのしくじりも忘れ、将太は晴れ晴れとした笑顔で声を弾《はず》ませる。

美人看護師の胎内で縦に躍る傘頭が、さらにエラを張り出させた。

「あん。そ、想像以上だわ。お腹のなかを、抉《えぐ》られているみたい」

瑞々しくもやわらかな美人ナースの蜜壷を、野太い傘頭で耕していく。ほぐすそばから膣襞が艶めかしくうねくり、ジワッと蜜を滲ませていく。

「んんっ——ふ……ふぅぅ」

莉乃が呼吸を深くして喘ぎを押し殺している。度重なる射精に、少しは冷静に彼女を観察できているお陰でそれと判った。将太を慰め、勇気づけるのが彼女の目的であり、それが身体を開く大義名分でもあったのだろう。それ故に、自分が感じていることを知られてよいのか、判断がつかずにいるのだ。

「莉乃さんも気持ちいいですか？　俺のち×ぽで莉乃さんの発情を鎮《しず》められるといいのだけれど……」

将太の莉乃を思いやる言葉が、心ばかりではなく女体にも沁みたのか、ブルブルブルッと艶めかしい震えが起きた。

「ええ。とっても。将太くんの大きなおち×ちん、莉乃の感じるところにいっぱい擦れて、気持ちいいっ！　ああ、ウソっ、まだ大きくなるなんて……アァッ——声が……。イヤらしい声が溢れちゃうぅ」

懸命に朱唇を噛み締めて、零れ落ちる声を遮ろうとしているが、胎内は蕩けて潤んでいく一方だ。

「いやらしい眺めでしょう？　将太くんの精液が莉乃の中でかき混ぜられて、泡立っているわ」

蕩け潤む肉畔《にくあぜ》に淫らな蠕動《ぜんどう》が増し、はじめての将太でも美人ナースの肉体が悦楽を汲《く》み取ろうとしているのだと理解できた。

「ねえ、せっかくなのだから、いっぱい味わって……。五感全てで感じて欲しいの……。あっ、ああ、莉乃も気持ちいいっ。子宮にぶつかっているのぉ」

ありったけの情熱と愛情を込めた抜き挿しを将太が繰り出すたび、蜂腰が淫らに揺れては淫らにわななく。見上げれば、清楚な美貌も溶け崩れ、苦悶とも悦楽ともつかぬ表情を浮かべている。

「ぐふううう……。莉乃さん……ああっ、超気持ちいいです。莉乃さぁ～～んっ！」

熱くその名を呼びながら、ズンズンと腰を突き上げる。若さに任せた単調な抽送ながら、発情した女体には十分に快美であるらしい。

「いい。ねえ、もっと……。もっとしてぇ！」

ついには扇情的な求めを朱唇から漏らし、悩ましい腰つきがさらに速度を増す。ゆるやかなフラダンスのような腰の動きが、徐々にリズムを上げ、やがてはロデオのような激しい腰つきへと変化するのだ。

その凄まじい快感に、たまらず将太は射精した。ドクンドクンと、熱い精液を蜜壺一杯に再び撒《ま》き散らしたのだ。

「あはぁ。またすごい射精が、莉乃を子宮ごと持ち上げるぅ……！」

もちろん、熱い噴精に美人看護師が気づかぬはずがない。

ハァハァと荒い呼吸を繰り返す将太を慮《おもんぱか》り、ゆったりと蜂腰をまたしても持ち上げてくれる。

ズルンと抜け落ちようとした分身を将太は、グイッと背筋を仰《の》け反《ぞ》らせ、懸命に腰を持ち上げて阻《はば》んだ。

「まだできます。俺、このまま莉乃さんの膣中《なか》で大きくなれます！」

その確信が将太にはあった。手淫とは比べ物にならない喜悦に、またしてもあっという間に射精させられたものの、女陰の絶妙なとろみと蠢きに、肉棒は勢いを取り戻すのだ。

「すごい！　ああ、将太くん、とっても逞しい……。莉乃、こんなにすごいおち×ちんに出会うのはじめてよ……。あっ、あっ、あぁ……射精《だ》してすぐなのに、凄すぎるっ！」

さすがの美人ナースも将太の凄まじい絶倫ぶりに目を白黒させている。否。驚いているのは、将太も同じだ。正直これほどまでに短時間に、射精と勃起を繰り返すのは、初めての経験だった。

それほどまでに莉乃のハイスペックボディが絶品であると共に、これほどの美女と初体験できた精神的悦びも大きいのだろう。

「おふぅっ。莉乃さんの具合のいいおま×このお陰です。ぅおぉ、莉乃さぁ～ん！」

将太の復活を促すように、淫靡な蠢きで分身を舐めくすぐり、むにゅんむにゅんと快美な締め付けまで加えてくる。

「こんなにすごいおち×ちんが今まで童貞だったなんて……。いいの。ねえ。将太くん、すごくいいっ！」

背筋を駆け抜ける愉悦に耐え兼ね、将太は固まったばかりの肉棒を律動させた。牡《おす》と牝《めす》の汁でヌルヌル状態の膣肉に、蛮刀を擦り付けるように抜き挿しする。

「あっ、あん……。ダメっ。いま動かされたら莉乃、乱れちゃう……。将太くんの童貞おち×ちんに屈服させられちゃう」

圧倒的な絶倫ぶりに、半ば蹂躪《じゅうりん》されているようにも感じているのだろう。

ついに美貌をくしゃくしゃにさせてよがりはじめる莉乃。その姿は凄絶なまでに淫靡でありながらも、どこかに清楚さと品のよさが残されている。

「あんっ、あううぅっ！」

堪えていたはずの朱唇がほつれ、甘い嬌声が次々に零れ落ち、ほっそりした頤《おとがい》がぐんと天を仰いだ。

全身から性熱を放射させ、莉乃の浮かせた蜂腰が再び将太の腰の上に落ちる。巨大な質量の勃起が、ずぶんっと一気に根元まで呑みこまれた。

「はううう〜〜っ！」

まるでローションを塗《ぬ》りつけたビロードに肉柱を漬け込んだよう。肉幹の裏筋を、にゅるにゅるっとやわらかく包まれながら短い襞に舐めまわされている。甘く狂おしい愉悦。未知の快楽に、屹立肉が溶け崩れてしまいそうだ。

「ぐわああぁっ、ぶふううぅ！　あっ、あぐぅ……。莉乃さぁ〜〜ん‼」

いつもの将太なら、その快楽で漏らしていたであろう。けれど、さすがに今日五回目となる射精発作は、そう容易くは起こらなかった。

むろん、狂おしいほどの思いをして堪えなければならなかったが、辛うじて留まることはできた。

「ハア、ハア、ハア、莉乃さん。もう少し、できそうです。でも、そんなに保《も》ちそうもありません。だから、思い切り動かしますよ！」

宣言した将太は、腰に跨ったまま動けずにいる看護師を載せたまま、腰をグンと持ち上げてエビ反った。軽い体重がふわりと持ち上がったタイミングで腰を落として、肉棒を引き抜く。そしてまた、落ちてきた美尻にぶつけるように媚肉を貫《つらぬ》くのだ。

「ほううぅっ！　だ、だめよ。そんなに腰を振っちゃイヤぁっ……。めちゃくちゃになる。莉乃、気持ちよすぎて狂っちゃうぅ……っ！」

本能に任せた牡獣の上下動に、莉乃の重力に任せた腰つきが加わると、蕩けるような快美が何万倍にも膨れ上がる。

真《ま》っ直《す》ぐに芯の通った肉棒が、膣襞を抉り、骨盤から喜悦の電流を走らせるのだ。

一往復、また一往復と、下腹部を圧迫する剛直に悶えながら莉乃も臀部を打ち下ろす。それは愛しい宝刀を磨《みが》き上げ、鍛錬するような腰つきだ。

「将太くんのおち×ちん、ひぁっ！　何度も射精《だ》しているのに、こんなに硬いままなんてっ……ああっ、すごく男らしくて、魅力的よ――んひんっ！」

拳骨のように膨張させた亀頭を、子宮口を突き破らんばかりにぶつけて揺さぶる。

「莉乃さんのおま×こも凄いです。お、俺のち×ぽに吸い付いて、ぐわああ、締め付けてきます！」

二度にわたる中出しのせいで、肉畔はずぶずぶのぬかるみ状態になっている。ヌルヌルと潤滑がよすぎて摩擦《まさつ》などほとんどない。にもかかわらず、こんなにも気持ちいいのはなぜだろう。

トロトロの葛湯《くずゆ》にでも漬け込んでいるところをムニュンと締め付けられ、真空状態に近い蜜壺に肉棹全体をバキュームされているような感覚だ。

「ううっ、莉乃さんっ。セックスってこんなに生々しくて、気持ちいいんですね」

「そ、そうよ。セックスは気持ちいいモノよ。莉乃も、ひぅっ、気持ちいいから溺れちゃうの……ああんっ！　頭の中が真っ白になるぅぅ……っ」

容《かたち》のよい鼻は天を仰ぎ、紅潮させた頬が喜悦に強張《こわば》っている。漆黒の瞳には涙を浮かべ、ゼリーコーティングされた朱唇をわななかせている。

（すごい！　あんなに美しい莉乃さんが、俺のち×ぽに乱れている……！）

男にとってこれほど嬉しい光景はない。文句のつけようもないほどの絶世の美女が、己の分身に溺れ、艶美なよがり貌を見せてくれるのだ。

扇情的なおんな振りに射精本能をいやというほど煽られ、気が付けば将太の肉棹はやるせないほどさんざめいている。恐らくは、この一発でさしもの将太でも、暫《しば》しの打ち止めになると自覚があった。

「あぅんっ……ああ、いいの。たまらない……。どうしよう、こんなにふしだらに……。

莉乃は、すっかり将太くんのおち×ちんに夢中なの……あん、あん、あぁんっ！」

美人ナースに絶頂の波が近づいているらしく、将太を慮る余裕は消え失せている。ついには自ら腰を上下させて、激しいよがり声をあげる始末。

ぢゅっぷ、ぢゅっぷと淫らな水音を立てさせ、自らの子宮口に将太の切っ先を打ち付け、湧き上がる恥悦に陶酔するのだ。

「あん……あ、あはぁ……。ごめんね将太くんっ！　淫らな莉乃を許して、もうイキそうなのっ！　我慢できないの!!」

身も世もなく蜂腰を振り、莉乃は淫らに啼きまくる。ぐいっと背中を反らせ、たわわな乳房を張り詰めさせ、美貌をさらに紅潮させていくのだ。潤み溶けた瞳は見開かれているが、最早、何も映していないようだ。

「ああ、恥ずかしすぎる……。逞しいおち×ちん、気持ちよすぎる……。早く、早く射精《だ》して……でないと莉乃、ああ、イクぅ……。莉乃、イッちゃう……。将太くんの童貞おち×ちんで、恥をかくわっ！」

その瞬間、ハイスペックボディが将太の体にべったりと寄り添った。

つるすべ美肌の温もりともっちりしたやわらかさ。大きな乳房が胸板に潰れる気色いい感触。将太の顔に、がっくりと乱れ落ちた雲鬢《うんぴん》が芳しい甘い香りを振りまいている。汗まみれの女体から漂う発情メスのフェロモン臭と相まって、若牡の官能をどこまでも蕩かせてくれる。莉乃の魅力の全てを味わいつくし、陶然と将太は尻を浮かせて突き上げまくる。

「イクっ！　イク、イク、イクぅぅぅ〜〜っ！」

清楚で凛としていた美人ナースをアクメさせたのだから興奮しない方がおかしい。その満足と悦びが、もどかしくもやるせない射精衝動に変換された。

「俺も！　莉乃さん。俺も射精《で》ますっ。ああ、莉乃ぉ〜〜っ！」

「きてっ！　莉乃の子宮に……あぁんっ……将太くんの精子で満たしてっ！」

淫情に煙《けぶ》る妖しい瞳で莉乃が受精を求める。細腕が首筋にすがりつき、ゼロ距離に絡みついてくる。ぶちゅりと濃厚な口づけを莉乃がくれた。「よく頑張ったね」と褒め称《たた》えるような甘い口づけ。

うっとりと将太は、ゼリーコーティングされた朱唇の甘さを堪能しながら、激しい突き上げを繰り返す。

「射精《だ》すよ！　うおおおおおぉぉ〜っ、莉乃さぁぁぁ〜〜んっ！」

やるせない衝動に急《せ》き立てられ、将太は最後の突き上げを送った。

本能の囁くまま、美人ナースの最奥に切っ先を運び、縛《いまし》めを解《と》いた。

劣情の塊となった精液で、肉柱がぶるんと媚膣で震える。

今日一番の強烈な射精感が、腰骨、背骨、脛骨を順に蕩かし、ついには脳髄まで焼き尽くした。

「ぶふうううっ、ぐふうっ、ゔおぅっ、おぶぅぅぅっ……」

吐精の喜悦に荒々しい息が漏れる。初体験の充実が、あらためて胸に込み上げた。

(ああ、射精《で》ている！　莉乃さんのなかに……。こんなにも美しい莉乃さんのおま×んこに、全部射精しているんだ……！)

その事実を噛み締めるだけで、愉悦が百倍にも千倍にも膨らんでいく。

射精痙攣《けいれん》に肉塊が躍るたび、莉乃も淫らにびくびくんと太ももを震わせた。

「あはぁんッ、熱いぃっ……将太くんの精子熱いの……ああ、お腹いっぱいに溢れている……んふぅぅっんん」

念入りに耕した牝畝の隅々《すみずみ》にまで熱い胤《たね》をまき散らす悦び。激しい動悸《どうき》と射精の満足感に、鮮烈な色彩が目の前をくるくる回る。

「まだ気持ちいいですっ！　莉乃さんのおま×こが俺の精子を吸い出してくれていいます」

「ああ、将太くんのザーメン、とっても濃いから莉乃の子宮口に付着して安全な日のはずなのに孕《はら》まされてしまいそう……。子宮が溺れているのが判っちゃう……。でも、気持ちいいわ……熱いのでいっぱいに充たされて……」

啜《すす》り泣きをこぼす朱唇が、再び将太の口を覆ってくる。

将太が舌を伸ばすと、莉乃も舌を差し出してくれた。

互いに舌を絡め合い、唾液《だえき》を混じり合わせ、湿った音色を奏《かな》でていく。将太はゴージャス女体をきつく抱きしめ、なおも腰を捏《こ》ねるようにして委縮した分身の挿入を深めた。

しばらくは復活しないと思っていた分身がムズムズしはじめ、またできそうな光明が差した。

第二章　連続射精に堕ちるクール女医

1

「ああん、参ったわ。挿入《い》れるたび思うのだけど、将太くんのおち×ちん、予想以上に逸品すぎるの。完全に想定外！」

ズキズキと胎内に短いパルスが走り抜けるようだと、改めて莉乃は教えてくれた。

「ただ太くて大きいだけじゃなくて……あはぁ……こ、この感覚は、挿入《い》れてみなくちゃ判らないわ……」

特に奥まで嵌《は》められると、将太の逸物の異質さを感じるらしい。

男性器の多くは、左右のどちらかに曲がっているものなのだが、将太の場合、形状が驚くほど真っ直ぐなのだ。しかも、中の芯もしっかり通っているため、いくら突き動かしてもブレがない。その上、日本人離れした質量と硬さ、灼熱まで孕んでいるためおんなにとっては堪らないらしい。

「おんな泣かせの宝刀を備えているのだから自信を持って！」

あれ以来、莉乃は将太の看護と称し、肌を交わす関係になっている。それも莉乃は、このアパートから引っ越す予定でいたものを、わざわざキャンセルまでして将太の隣人でいてくれるのだ。

「将太くんとこうなる前は、早く引っ越そうとばかり考えていたけれど、いまは引っ越しなんて考えられない。お隣でいた方が何かと都合がいいでしょう？」

頻繁《ひんぱん》に互いの部屋を行き来するから、まるで同棲をしているかのよう。文字通り、一つ屋根の下なのだ。

「前にも話した通り、莉乃も性欲が強い方だけど、将太くんほどの絶倫なら、こちらから誘わなくてもいいでしょう？　恥ずかしい思いをしなくて済むの」

思いやりのある賢い莉乃だから、将太に余計な負担をかけないための方便に、そんな言い方をするのかもしれない。

とは言え、一たび肌を重ねると、彼女はあられもなく乱れるのが常だ。よほど二人はカラダの相性がいいらしく、純白の天然Eカップを大胆に震わせて、感じまくる。

その悩ましい姿を目の当《ま》たり《あ》にすると、あながち莉乃の告白も嘘ばかりではないように思えた。

「莉乃さん。手を握っていいですか？」

将太の求めに応じ、素直に莉乃は指を絡ませてくれる。恋人つなぎしたおかげで、騎乗位がさらに安定した。

美人ナースは、将太とするときは騎乗位ばかりだ。絶倫を発揮した際に、少しでも心臓に負担をかけないようにとの配慮らしい。

同時に、莉乃が将太の腰の上で蜜腰を振り、少しでも長く留まれるよう訓練もしている。

「あん。あん。あぁん。ダメなのに……。どんどん気持ちよくなっちゃう」

ヌチャ、ヌチャと、スライド幅を少しずつ広げ、子宮口に生じる熱を莉乃は味わっている。切っ先が最奥を穿《うが》っているのだ。

「すごいわ。誰も届かなかった場所を、いとも簡単に……うふうぅっ」

忍び寄る快美感に、ツルスベの美肌を粟立《あわだ》てている。膣の隙間を埋めてフィットした肉棒が、とてつもない痺《しび》れをもたらしているのだろう。

「ぐふうう……。り、莉乃さんのおま×こも最高です。ずぶずぶに蕩けているのに、どうしてこんなに擦れるのでしょう」

例によって将太は、既に二度も莉乃の蜜壺に中出しを決めている。さほどの休憩もないまま第三回戦が始まったので、女陰は多量の牡汁まみれの肉畔なのだ。

にもかかわらず、相変わらずの締まり具合とバキュームで将太に凄まじい官能を味わわせてくれる。このままでは、またしても早漏を露呈させてしまいそうだ。

「うおっ！　また莉乃さん、そんなにふしだらな腰つきを……。うはぁ、き、気持ちよすぎて、また！」

「あはあ、だって、じっとしていられないの……ぶっといおち×ちんが……あぁん、いいの。お、奥まで感じちゃう」

あくまで看護と称して肌を重ねている以上、自分が果てるわけにいかないと美人ナースは思っているらしい。にもかかわらず莉乃は、込み上げる悦楽に耐え切れず、我知らず腋《わき》を引き締めている。切なく疼く豊乳を無意識のうちに潰しているのだ。

二本の腕に挟まれ、汗ばんだ双乳が、ムニュッと盛りあがった。

途端にビクンと女体が引き攣れる。その悩ましい嬌態に刺激され、反射的に将太は、ぎゅっと横隔膜を引き絞った。

込み上げる快感を、歯を食いしばって懸命に耐える。

「うふぅ……。あ、危ないところでした。あと少しのところで射精《だ》しちゃいそうでした。辛うじて堪えたけれど、まだヤバいです」

相変わらず早漏は克服できていないものの、少し自信の付きはじめた将太に、莉乃は慈愛の籠《こも》った微笑を振りまいてくれる。

「亜弓先生なら、どう言うか判らないけど。将太くんの場合、ムリに頑張らなくてもいいと思うの。だって、この絶倫があれば、早漏なんて問題じゃないわ。ゾンビのような回復力で、莉乃をこんなに気持ちよくさせるのだもの」

相変わらずらしさ全開の物言いで、将太を勇気づけてくれる。

確かに、ゾンビのようとは言い得て妙だ。正直、自分の絶倫ぶりがこれほどであるとは思っていなかった。

己の性欲の強さに悩まされていたことは確かなのだが、ここまで連続して射精を繰り返した経験もない。つい先日、莉乃のお陰で童貞を卒業したばかりであり、それまではオナニーでしか己の絶倫さを測ったことがないのだから自覚がなくとも不思議ない。二度三度と自慰をするのは日常的によくあっても、それは朝と夜になど断続的なものであり、連続での行為は試したことはなかった。

にもかかわらず莉乃との間では、抜かずの連発が常態化して、他ではあまり聞いたことのない特殊なセックスをしている。

「いいんじゃない。お互いに気持ちいいなら。将太くんとじゃなければ体験できないセックスなんて魅力でしょう。それに何度も求められるのって、おんなとしてちょっと誇らしいかも」

あっけらかんと莉乃にそう言われると、本来情けない早漏さえ、自分だけの特別な能力に思えてくる。

「でもそれって、相手が莉乃さんだからで、もし他の女性なら……」

将太の危惧《きぐ》は、莉乃の名器と呼べるほどの蜜壺に挿入《い》れさせてもらっているからこそ、絶倫が発動しているのでは？　ということだ。

つまりは、莉乃が相手だからこそ、終わりがないほど欲求が募るのであって、並の女性が相手なら将太は単なる早漏に過ぎないかもと疑っているのだ。

「莉乃さんのおま×こに挿入《い》れていると、ち×ぽがバカになって際限もなくなるけど、違う女性が相手でもそうなるかどうか……」

「それって遠回しに莉乃のあそこの具合がいいって褒めてくれてる？」

官能まみれの美貌を少しおどけさせる莉乃。おんなの矜持をくすぐられ、まんざらでもないようだ。

「ただ具合がいいだけじゃありません。きっと名器って莉乃さんみたいなおま×こを言うのだと思う。スタイルもよくて、おっぱいも大きいし、顔だって超綺麗で……。こんなに素敵な莉乃さんを相手に俺の性欲が収まらないのは当然でしょう？」

決してお世辞を言っているつもりはない。それは将太の偽《いつわ》らざる本心だ。

「もう。将太くんったら、恥ずかしくなるからやめて。そんな甘い言葉で莉乃を心まで蕩けさせるつもりでしょう？」

褒められる度おんなは、その美しさを増していくと聞いたことがある。それが事実であることを将太は目の当たりにした。

「ああん。イヤだわ。顔の火照りが、アソコにまで及んじゃう……。あぁんッ、おま×こ疼いてるの」

蜂腰を前後させるスライドが、明らかに大きくなった。気持ちの高ぶりがそのまま腰つきに現れているのだ。

「はっ、あっ、ああっ……んうっ、い、いい……おっきなおち×ちん、いいっ……はあっ、ああっ、あああああん！」

今は手と手を恋人つなぎしているせいで、喘ぎ声を手で塞《ふさ》ぐこともできず、淫らな声が部屋いっぱいに響いている。壁が薄いことは、同じアパートの住人である莉乃も承知しているのだが、だからこそ、艶声を喉奥で押し殺そうと必死なのだろう。少し辛そうな表情、特に眉間に寄った皺や、濡れた瞳がセクシーだった。

「あひぃん！　将太くん、ダメぇ！　そんなにびくびくしたら、莉乃は、莉乃はぁ……ほおおおおおぉぉっ！」

興奮によって跳ねた肉棹に、莉乃が仰け反る。まるで将太に見せつけるみたいに豊かな乳房がぶるんと震え、ぽたぽたと熱い汗の雨が降る。急速に濃くなるおんなのフェロモンに、若牡の怒張は痛いくらいに漲《みなぎ》っていた。

「お、俺、また射精《で》ちゃいます！　ううぉおおおっ！」

雄叫びと共に、ぴゅるるるるっと夥《おびただ》しい精液を膣奥に流し込む。

「ああん。また熱い精液が莉乃の膣中《なか》に……。あはあぁ、気持ちいいっ。将太くんの精子を浴びるの気持ちいいのぉっ！」

ドクドクと精液をまき散らすそばから、莉乃の媚肉が肉棒を締め付けてくる。その気持ちよさが、消えるはずの欲望を掻き回し、将太はなおも分身を律動させる。

二度三度と女陰を突き上げるうち、またしても挿入しっぱなしの肉柱は硬度を上げていくのだ。

「ううぅ……すごいです。いつも以上に莉乃さんの膣中《なか》、蠢いている。めちゃくちゃ気持ちいいです……っ！」

嬉々として将太が叫ぶと、美人ナースの美貌が、ぱぁっと華やいで色づく。

「ああ。将太くんが、莉乃のおま×こで感じてくれるの、とても幸せぇ……っ！」

六つ年下の青年が自らの媚膜に悶え、誉めそやしてくれることに、おんなの矜持を満たされ、それが牝悦へと直結するのだろう。

「ああっ、将太くん……将くぅんっ」

いつもとは違う呼び方で、将太を愛しげに呼び蜂腰を揺らす莉乃。無意識の牝の痴態なのだろうが、瞬間、自身に強烈な喜悦が走り抜けたようで、ふしだらな喘ぎを聞かせてくれた。

「あはぁ。ねえ、どうしよう。はぁぁ……お、おかしいの。莉乃、こんなに昂るのははじめてかも……。高まり過ぎて、あぁんんっ！　ダメぇっ、気持ちよすぎるぅ」

淫らな呻きをあげて蜜腰をグイグイと揺すらせる莉乃。ぴっちりと結合した肉棒に、やわらかい肉壁が擦れ、将太の脳髄も揺すられる。

「あぁ……イヤぁ……。き、気持ちよすぎて、またじっとしていられない……っ」

淫靡な告白を証明するように、白い女体は小刻みに戦慄《わなな》いて、豊かな乳房をふるふると波打たせる。

蜜壺から与えられる快楽と、甘い吐息と声、そして悦楽に震える姿、それらが一体になって将太を責め苛む。

（ああ、ウソだろう。莉乃さんが、いつもより激しい。いやらしく乱れまくっている……！）

もはや将太はただ莉乃のウエストのあたりに手をあてがい、牡牝が繋《つな》がりあった秘所を見つめるばかり。

「ごめんなさい、どうしても腰がとまらないの。気持ちよすぎて止められないっ」

快感を欲して自らの腰を股間にこすりつける美人看護師。その淫らがましい姿が、凄絶なまでに美しい。まさしく莉乃の姿は、官能美の極致を成している。

「あっ、ああん。いいっ……。奥まで気持ちいい……っ。ああ、もう堪らない……。お願い、将くんも動かして」

まるで別の生き物のように蜜腰を蠢かせながら、卑猥《ひわい》に莉乃が懇願する。

そう乞われ無視などできるはずもない。将太は込み上げる射精衝動を、奥歯を噛んでやり過ごし、グッと腰を持ち上げた。

軽い女体を載せたままフライパンを返すように腰を振ると、肉棒が膣孔をしこたまに捏ねる。

「きゃううっ、あはぁ、将くぅんっ！」

上下する将太の腰の動きと前後する莉乃の蜜腰の動きが、加速度的に互いの悦楽をかき乱していく。

「あん、あん、あん、ねえ、もっと……もっと激しく突いて……。莉乃、もうイキそうなの……ああ、だからもっと激しくっ！」

官能に捉われた潤んだ眼差しで、美人看護師がふしだらなおねだりをする。

「で、でも、俺もまた射精《で》ちゃいそうで、これ以上、激しく腰を振るのは……」

莉乃の媚肉を強く抉ると意識しただけで、射精衝動が一気に高まってしまう。会陰《えいん》に密着させている精嚢はクルミのように凝縮し、強烈な熱を放っていた。

「ああっ、射精《だ》して。将くんっ。莉乃のおま×こに。一緒に莉乃もイクからっ！」

切羽詰まった牝啼きと共に細腰がまたもクンと持ち上がる。莉乃が蠱惑《こわく》も露わに、射精を促してくれている。堪らず将太は、突き上げる腰の動きをさらに大胆にした。

美牝の凄艶な姦欲に負け、一気に劣情が噴き上げたのだ。

「おうん、んふんっ、あううっ……」

ぢゅぷっ！　ぐちゅんっ！　ぶぢゅっ！――っと、淫らな水音を響かせて将太は、せわしなく腰を動かした。

激しく突き上げては即座に腰を落とし、また奥深くまで抉りたてる。

「きゃううううっ。もうイクっ。莉乃、イッちゃう。早く、将くんも早く、射精《だ》してええええええぇぇっ！」

長い睫毛《まつげ》を色っぽくしばたたかせ、莉乃も激しく下腹部を前後させている。悩ましい艶声を絶えず漏らしながら、勃起に肉襞を擦りつけ、将太の崩壊を促している。

「射精《で》ます。莉乃さんのおま×こに射精《だ》しますっ！ ぐおおおおおぉぉっ！」

渾身の一撃をずんと膣奥に食らわせ、股座《またぐら》同士を密着させる。子宮口に届かせた鈴口をぱっくりと開かせ、雄叫びを上げた将太は全身を力ませて頭の中を真っ白にさせた。

「あひぃっ！ おち×ちん射精してるっ。将くんの熱い精子、また莉乃のおま×こに中出しされて……あぁん、イク、イク、イクぅぅぅ～～っ！」

極限まで膨れ上がった怒張が爆発するように白濁液を発射させると、子宮口に叩きつけられた美人看護師も艶めかしく啜り啼きながら、絶頂へと昇り詰める。

快美の雷に打たれ四肢のいたるところ、末端の指先までぶるぶると痙攣させている。

黄金色に染まった悦楽の極みで、意識を白くさせながら子宮に注がれた熱い迸《ほとばし》りに身を震わせているのだ。

「ああん、なんて射精なの……。何度も射精《だ》してるのに、また子宮がいっぱいに……。ひうっ……熱いわ……ああ、熱いっ……莉乃の子宮が火傷《やけど》しそう……」

荒い呼吸を繰り返し、甘く啜り啼いては、びくんびくんと悩ましく女体を引き攣らせイキ乱れる莉乃。一匹の牝と化した二十六歳にすっかり魂を抜かれた将太は、何度抜いていても射精衝動が収まらない。

ドクン、ドクンと吐き出すたびに全身が反りかえるほどの快感が、何度も何度も押し寄せる。莉乃の媚孔の中で亀頭部を激しくのたうたせながら、夥《おびただ》しく白い熱液をまき散らすのだ。

「ぐふぅ、ふはぁ……おほぉ、おおぉおっ……」

どぴゅっ、ぴゅるる、ぴゅるるるるっと弱まる勢いに、将太は全身の力をようやく抜いた。

「ふぅ。全部射精《で》たみたいね……。ようやくおち×ちんが縮んでいくわ」

浅い呼吸を繰り返しながら、将太は余韻を味わった。

「本当に凄いわね。将くんの巨チンには、おんなの悦びがこんなに深いものだということを思い知らされちゃう」

子胤《こだね》を放出しきって力尽きた将太の頭を、やさしく梳《くしけず》ってくれる莉乃。ナイチンゲールさながらの慈愛で、将太を甘えさせてくれる。

甘く気だるい時間を将太は、いつまでも飽きることなくゴージャス女体を抱き締めたまま過ごした。

2

「将くん。こっち、こっち……」

指定された裏口に回ると、莉乃が手を振って出迎えてくれた。

ただ彼女は白衣ではなく私服姿で、帰り支度を済ませているようだった。

てっきり莉乃も看護師として立ち会うものと思っていたが、そうではないらしい。

「亜弓先生が、もう一度診察をしたいって。都合がよければ明日の夜にでも、病院に来て欲しいそうよ。どうする？」

昨夜、懇《ねんご》ろな介護の後、莉乃からそう伝えられ、さすがに将太は戸惑った。

「明日の夜は予定はないけど、もう一度って、どこか悪いところでも見つかったってこと？」

不安を口にする将太に、莉乃が笑って打ち消した。

「違う違う。病気が見つかるも何も、尿検査しかしていないでしょう?」

あの日は、ひどく緊張していたため多少記憶にあいまいな部分があるが、診察前に受けた尿検査の結果は、「異常なし」と告げられた覚えがある。それ以外には何の検査も受けていないのだから病気など見つかりようもない。

「だったら呼び出される理由って……?」

診察時間後を指定されていることも、よくわからなかった。

「それは先生に面談すれば判るわよ。で、受けるの、受けないの?」と、せっつく莉乃に、「じゃあ、受けてみる」とだけ答えたが、それ以上の質問はできなかった。正確に言えば、莉乃に取り付く島を与えられなかったと言っていい。

出迎えてくれたいまも、どこかよそよそしく感じられる。

「じゃあね。私はこれで……」

裏口に隣接された守衛室に灯《あか》りはなく人影もない。

将太を院内に通すと、それで仕事は終わりとばかりに美人ナースはこちらに背中を向けた。

「えっ。莉乃さん帰っちゃうの?」

まるで母親とはぐれた迷子のような気分で、彼女を呼び止めた。

「大丈夫よ。亜弓先生にお任せすればいいの。私からもよくお願いしておいたから」

振り向く莉乃の意味深なセリフに、何をお願いしたのか尋ねたかったが、いつもの笑顔に誤魔化されてしまう。

「この間の診察室、判るでしょう？　ほら、亜弓先生が待っているから……」

またしても急かされて、やむなく将太は診察室に足を向けた。

（何か莉乃さんの機嫌を損ねるようなこと、やらかしたかなあ……？）

よそよそしいとさえ感じさせる莉乃の様子に、将太は懸命に頭の中を検索するが、まるで思い当たる節がない。

（何だかさっぱりわからないけど、あとでご機嫌を取りに行くか。それよりも亜弓先生の方に神経を集中しなくちゃ……）

そう頭の中を切り替えて、将太は診察室の扉をノックした。

「はい。どうぞ……」

やわらかな声質が扉の向こうから返ってくる。将太は「失礼します」と挨拶しながらドアを横にスライドさせた。

「将太さん。お待ちしていました」

相変わらずのクールな美貌が、白衣を纏ってそこに腰かけている。

「こんにちは……。じゃなくて、こんばんは、ですね」

衒《てら》いのない真っ直ぐな眼で見つめられると、つい将太はどぎまぎしてしまう。

「そうですね。もうこんばんは、の時間ですね。こんな時間になってごめんなさい」

先日ほどの緊張がないせいか、亜弓の声が耳に心地いいシルキーな声質であることをようやく認識した。

「いえ。こちらこそ、先生のお時間を取るようで、申し訳ないです」

「それは医師として当然のことですから……。この間は、中途半端になってしまったように感じていて。きちんと患者さんの悩みと向き合わなくてはならないのに」

思いがけず反省を口にする亜弓を、将太はあらためて仔細《しさい》に眺めた。

（やっぱ亜弓先生、綺麗だ。莉乃さんとはまた違ったタイプで、人間離れした美しさとか言うのかな……）

莉乃は甘い顔立ちの分、親しみやすさを感じさせる。同じ美人でも、亜弓の場合は、完璧に整いすぎて、どこか現実感がないほどなのだ。

童顔であるせいか、年齢というものもあまり感じさせない。実は、莉乃の方が年上と思っていたほどだ。莉乃に亜弓が三十二歳と聞き、酷く驚いたものだ。若々しいということもあるのだが、とても三十二歳になど見えない。

柔和な相貌《そうぼう》は黒く煌《きら》めき、優しさが溢れた目尻に嫋《たお》やかな眉が平行に並ぶ。白い頬と控えめに紅が差されたふっくら唇とのコントラストの華やかさには、思わずホゥッとため息を吐いてしまうほど。

いかにも聡明そうな額や長い睫毛の瞼、細く真っ直ぐな鼻もどこまでも完璧であり、ある意味整いすぎていると思うほどに麗しい。

それらのパーツが、うりざね型の小顔の中にこれ以上はないくらいの絶妙の位置に収まり、完璧な美を成しているのだ。

理知的なおんならしいストレートのロングヘアも絶妙にお似合いだ。

その一方で、首筋から覗かせる色白の膚は、上品でありながらしっとりとした色気を漂わせている。

（なんだろう、今日はこの間よりも色っぽく感じる。それも年齢相応の大人の色気って感じ。どうしてこんなに色っぽく感じるのだろう……？）

将太は、先日受けた印象と目の前の亜弓の印象との違いを本気で探った。

スレンダーな身体のラインには、医師らしい白衣がよく似合っている。

ふっくらと胸元を持ち上げる乳房は、Ｄカップくらいであろうか。莉乃よりも小ぶりではあるが、それでも平均的な日本女性よりは大きいように思える。

色気で言うならタイトスカートからスラリと伸びた美脚も負けていない。見えているのは、黒いパンスト越しのふくらはぎ程度だというのに、ムッチリとしていてたまらない色香を発散させている。

足フェチなところのある将太としては垂涎《すいぜん》のフォルムだ。

「この時間であれば、病院に人気《ひとけ》もなくなりますから、将太さんの問題に集中できるかと……」

亜弓の言葉に、急に将太の心臓は早鐘を打ちはじめる。この診察室に、ふたりきりであることが意識されたのだ。それればかりか、もしかすると院内に人影は、ほとんどないかも知れない。待合室の灯りは消され、他の医師やナースの気配も感じられないのだ。

「どうすれば将太さんが早漏を克服できるか、あれから色々考えてみました。それで、一つ思いついたことがあって……」

思い付きであろうと何であろうと、この情けない早漏を克服できるならと、思わず将太は前のめりになる。

すると、なぜか亜弓の美貌が赤みを帯びた。将太に気圧《けお》されてのモノか、あるいはふいに近づかれて恥ずかしくなったのか、その原因は判らない。けれど、その思いがけない反応に、将太は亜弓におんなを感じた。

むろん、今までも亜弓から、美しいとか、色っぽいとか、女性らしさを感じている。

けれど、いまは生身のおんなとして、急に意識させられたのだ。

結果、牡としての反応が節操なく下半身で起きはじめる。

「思いついたそれを試してみたいのですが、構いませんか……？」

「もちろんです。わざわざ先生が、俺のために考えてくれたのですから」

あくまでも患者に対し医者として考えたことなのだろうが、将太のことを特別気にかけてくれたから思いついたに違いないのだ。

「お願いします。試してください」

将太が前のめりになるのは、むろん、下心があってのこと。「試したい……」ということは、先日、莉乃が率先してやってくれたようなことを亜弓がしてくれるのではと期待したのだ。

ただでさえ節操なく固まりはじめた肉棒が、すでにズボンに収まりきらないほどぎゅうぎゅうに張りつめている。

「じゃあ、この間のように診察台の上に……」

亜弓の指図に、心臓がドキンと痛いほどに高鳴った。期待した通りの展開とはいえ、いざとなると緊張と躊躇《ためら》うような気持ちも湧いてくる。

ふと莉乃の横顔が脳裏に浮かんだ。まるで浮気でもするようで、申し訳なく思える。

「大丈夫だから、亜弓先生にお任せして。私からもよくお願いしてあるから……」

診察台に上がりながらも、別れ際の莉乃の言葉が思い起こされた。

3

「先日のように仰向けになってくださいね」

指示しながら亜弓は、診察台の周りにカーテンを引いていく。院内には、他に人はいなさそうだから、その必要もないように思えるが、将太としてもそれは安心した。

同時に、カーテン一枚に全てを隔てられ、亜弓とふたり異空間にいるような心持ちもしてくる。

どことなく淫靡な空気が二人を包むように感じられ、将太の緊張はいや増した。

「あっ！　亜弓先生……」

ふいに亜弓の細い腕が、将太の下半身に伸びてくる。ズボンのベルトを外そうというのだ。

「いいから、私に任せてください。将太さんはされるがままで……。その代わり意識はできるだけ私のすることに集中しないようにしてください。気を逸《そ》らすなり、他のことを考えるなりしてくれて結構です」

何か別のことを考えるようにすることは、早漏を防止するための一つの方法として将太も耳にしたことがある。

「数式を解くとか、英語に翻訳するとか……とにかく、頭の片隅でクールダウンさせる何かを、考えてくださいね……」

亜弓の話の内容は、将太が耳にしたことのある内容と、ほとんど大差のないものだった。実は、その方法は、莉乃との行為の時にも密かに試してみたものの、それほどの効果を得られていない。

「それが亜弓先生の試したい方法ですか？」

「いいえ。それはよくある対処法のようなもので、私の思い付きとはまた別のモノです。けれど、それも併用すると、より効果があるかと……」

話の間にも亜弓は、将太のズボンを脱がせ、ブリーフも引きずりおろした。

いきり勃《た》った肉棒が、カーテン内の空気を引き裂くようにブルンと露出する。

プーンと放たれた匂いは、先走り汁と牡フェロモンの濃厚カクテル。驚いたのは、亜弓がその匂いに鼻をヒクつかせたことだ。

「ああ、確かに濃い匂いですね。莉乃さんが、堕《お》とされてしまうのも納得です」

心なしかアイスドールの美貌が、赤みを帯びてデレているように見えるのは、将太の都合のよい見間違いであろうか。

「それじゃあ、はじめましょう……。ああ、そうそう。その前に、将太さんは何フェチですか？　おっぱい、お尻、手、それとも鎖骨《さこつ》とか？　正直に教えてください」

いよいよ美貌を上気させながらも真剣な眼差しで問いかけてくる。あまりに色っぽいアーモンド型のその眼は、紛れもなく媚薬だ。すーっと吸い込まれてしまいそうな瞳に、将太はお尻が落ち着かない。

「あ、あの。おっぱいは大好きです。でも、それと同じくらい足フェチで、先生みたいなすらりとした美しい足に挟まれて、擦って欲しい願望があります」

恥ずかしげもなく白状してしまったのも、その眼差しにすっかり呑まれているからだ。

「えーと。そ、そうですか。足フェチ……。で、では……」

何を思ったのか美人医師は履いていたパンプスを脱ぎ、自らも診察台に上がると、将太の足先の方に回り込み腰を落とした。

濃紺のタイトスカートの中から透け感のある黒いパンストに包まれた美脚が露わになっている。持ち上げる頭の角度から、スカートの中身が際どく覗けそうだ。

「こんな風にして欲しいのかしら？」

少しばかり何か企《たくら》むような表情を亜弓が見せたかと思うと、将太の穂先に、彼女のやわらかい脚先が唐突に触れた。

偶然《ぐうぜん》当たったのではない。肉棒に擦りつけるように、すらりとした脚を伸ばしているのだ。だがその足の動きはぎこちなく、恐らくは彼女もはじめての経験であるようだ。

「勘違いしないでくださいね。より将太さんが興奮するシチュエーションを作っているのですから……」

言いながら亜弓は、なおも将太の穂先を足裏でやさしく押してくる。なるほど、あえて将太のフェチを刺激して、その状況を耐えてみろということらしい。

「どうかしら。上手くできていますか……？　こんな風にしてもらうのが、お望みなのですよね……？」

シルキーな声にも刺激され、ただでさえ屹立させていた分身が、ミリミリッと肉音を立ててさらに膨らんだ。亜弓の足の動きにぎこちなさは残るものの、それでも十二分に魅力的だ。

ほとんど素肌のような風合いを纏った化繊がつつぅっと裏筋を這う。

足指のやわらかく温かな質感とナイロンのさらりとした感触が、とてつもなく淫靡な刺激を送り込んでくる。

「おああぁっ。ストッキングがすべすべしています。気持ちいいですぅ～～！」

素肌と擦れるのとは、また違った快感。繊細なナイロン生地が生む未知の擦過が、塊茎を這《は》い回る血管や皮膚性感をたまらなく刺激していく。

「もっと刺激的にするには、どうすればいいのでしょう？　パンストを脱いで、直に気持ちよくしてあげた方がいいのかしら？」

将太に問うているのか自問しているのか判らない口調に、あえて将太はより大胆なお願いをしてみようと決めた。

「だったら亜弓先生のパンストを破かせてください。破かれて生パンティと生脚が剝き出しになった状態で、擦って欲しいです」

断られてもやむを得ない思い切ったお願いだったが、一瞬の逡巡《しゅんじゅん》はあったものの亜弓はこくりと頭を縦に振り、了承してくれた。

「それでもっと将太さんが興奮するのなら……」

才媛医師の美貌が、羞恥のあまり赤く染まった。お人形のようだったアイスドールが氷解し、生身の亜弓が顔を覗かせたのだ。

（おおっ！　先生がカワイイっ……。しかも、物凄く色っぽい……）

嬉々として将太は、横たえていた上体を持ち上げ、逆に前屈みとなって、さっそく亜弓の光沢に艶めいたパンストを破りはじめる。

右の足先から摘《つま》み取り、左右に引っ張っても、思いのほか強くしなやかなパンストは、容易《たやす》くは破けない。やむなく狙いを足裏の生地に変え、爪を立てると、ようやく穴が開き破れていった。そのまま愛らしい貝殻のような爪先まで露出させる。

同じ要領で、左の足先も破り捨てると、今度はさらに両手を伸ばしてスカートの中に潜り込ませる。

「んんっ！」

思いがけず艶めいた声を漏らし、亜弓が整った美貌をさらに上気させる。将太の指先が敏感な部分に際《きわ》どく触れたようだ。

「ま、待って、将太さん……」

将太を制しながら軽く蜂腰を持ち上げ、亜弓は自らのスカートをたくし上げる。将太のやりやすいようにしてくれたのだ。

美人女医の悩ましく左右に張り出した骨盤が、将太の視線に飛び込んで来た。むっちりと成熟した太ももも艶めかしい限り。

「いいですよ。破ってください……」

消え入りそうなシルキーな声質が、亜弓の恥じらいを伝えてくる。それでも、なおも蜂腰を持ち上げたまま将太に抱かれるのを待ってくれている。

（あぁ亜弓先生が、どんどん色っぽくなっていく……！）

すっかりクールな印象を霧散させ、生身のおんなとして亜弓がそこに存在している。

逸《はや》る気持ちを懸命に抑え、将太は再びパンストの船底に手を伸ばした。

透け感のある黒い薄布のクロッチ部分を中心に、両方の親指と人差し指、さらには中指も駆使して摘まみ取り、グイッと左右に引っ張った。

ぶつぶつっと繊維の引き裂かれる音が、将太の男心をくすぐる。まるで美人女医をレイプするかのような未知の昂ぶりが湧き上がる。

中から光沢のあるパンティが露出した。それはおんなの嗜《たしな》みなのか、十代の子が身に着けるようなシンプルなものではない。色こそ清楚な白でありながら、股上は浅く取られ、しかもフロントはシースルーとなって無数のレースで彩られている。

「ああ、見られているのですね。将太さんに私のショーツを……」

途端に、美人女医が皮下から放つ甘い体臭に仄かな甘酸っぱい匂いが入り混じるのを将太は確かに嗅ぎ取った。

（えっ。もしかして亜弓先生が濡らしている……？　あのパンティの黒っぽいシミがこの匂いの源泉なんだ……！）

ふいに将太は、以前莉乃が、医療従事者に欲求不満を抱える者が多いと言っていたことを思い出した。医者にスケベが多いことも。

（まさか亜弓先生も欲求不満とか……？）

それを確かめる術《すべ》などないが、そんな妄想を膨らませるだけで、将太の興奮は振り切れんばかりに高まる。

男を誑《たぶら》かす牝のエッセンスに、堪《こら》えていた射精発作がいまにも起こりそうだった。

4

「将太さんの表情、いまにも蕩けそう……。パンストを引き裂くことが、そんなに興奮するのですね？」

言いながら亜弓が、将太の胸板をやさしく押してくる。自らは将太の足先に腰を落とすと、仰向けに横たえた将太の肉棒に再び足を延ばす。

「あうっ！」

スベスベの足指が、分身の裏筋をツーっとなぞった。

慌てて、口を噤み、頭の中で我が国の歴代の総理大臣の名を諳《そら》んじる。

何か気を逸《そ》らすことを考えろと亜弓に教わった時、思いついたのが、中学生の時に暗記した幾つもの名前だった。

（初代 伊藤博文、第二代 黒田清隆、第三代 山縣有朋、第四代 松方正幸……）

単に名前を諳んじるばかりでなく、白黒写真のしかめっ面を同時に思い浮かべ、頭の中をクールダウンする。

けれど、わずか第五代 第二次伊藤内閣に辿り着いたところで、思わぬクレームが亜弓から届いた。

「将太さん。それ、頭の中だけにしてもらえますか？ こっちの気が散ります！」

その声はシルキーな声質にやわらかくコーティングされていて、怒りはこもっていなかったが、正直、自分では声に出していた自覚がなかっただけに驚いた。

「あっ。す、すみません。そりゃそうですよね。ムードとか、全部ぶち壊しですものね」

「謝らなくていいですよ。確かに歴代総理の名を諳んじるのは悪くないアイディアでした。こちらまで気が削がれるくらいですから……」

言いながら亜弓は、やさしく二度三度と押しつけ、足裏の感触を味わわせてくれる。

「おううっ！」

背筋を駆け抜ける快感に、再度将太は、伊藤博文の顔を思い浮かべる。

「どうですか。気持ちいいです？　こんなことをしたことがないから、上手くできているのか自信がなくて……」

相変わらず美貌を上気させ、丸出しの肉棒を艶やかな脚先でやわらかく弄んでいる。かと思うと、両サイドから足の裏に挟み込み、器用に擦り付けてくるのだ。

「き、気持ちいいです。でも、それ以上に、眺めが最高です……！」

膝小僧に掛かる程度の丈《たけ》の濃紺のスカートは、黒いストッキングに包まれたしなやかな美脚を惜しげもなく覗かせている。その黒い薄生地から、脹脛《ふくらはぎ》の生肌まで薄《う》っすらと透けさせているのが艶めかしい。

残念ながらその奥の純白のサテンショーツまでは覗けないものの、揺れ動く内ももの隙間から今にもチラチラと覗き見えそうで、将太の興奮を煽るのだ。

三十路《みそじ》の媚熟女医の太もものムッチリ感と相まって、スカートの中を覗き見る悦びは何物にも代えがたい。

「将太さんの眼が、凄くエッチです！　スカートの中を覗いて悦ぶなんて……」

股座《またぐら》を覗かれているのに、亜弓は揶揄《やゆ》するだけで咎《とが》めはしない。むしろ、蟹股に太ももをくつろげてさえくれる。パンティを見えやすくして、さらに将太を昂らせようとするのだろう。お陰で、悩ましい牝フェロモンまでもが加わり、堪らなく将太を懊悩させる。

「だって亜弓先生のスカートの中、酷く魅力的なのですから覗かずにいられません」

破れたストッキングが絡みつく美脚に擦られていると、猥褻《わいせつ》で退廃的な悦びが次から次へと湧いてくる。

「あんまりエッチな視線で覗かれると、私、なんだかゾクゾクしてきます」

亜弓もまた興奮に美貌を赤く染め、体から濃厚な牝フェロモンを分泌させている。

自らの肢体のセクシーさが、どれほどのものなのか自覚があるのだろう。将太のぎらつく目に下着姿の下腹部を晒し、足で勃起したペニスを擦るのだ。

（ああ、ヤバい！　亜弓先生の美しさがどんどん冴えていく。虜にされる……！）

白衣に身を包む普段の亜弓は、凛とした女医そのもので、完全にその色香をオフにさせていた。けれど、一度彼女が、その秘めたる淫らさや牝性を解放させた途端、凄絶な妖艶さを美しさにまで昇華させ、まざまざと見せつけるのだ。

凄まじい快楽に晒され、懸命に将太は歴代総理の名を諳んじる。けれど、滑らかな踵《かかと》に裏筋を撫でられ爪先で亀頭エラを嬲《なぶ》られると、しかめっ面の爺さんたちの顔が霧散してしまうのだ。

「ああん。感じているのですね。私の足が気持ちいいのね……」

亜弓の問いかけにビクン、ビクンと、ペニスが首を振って脈動した。肉の強張《こわば》りで媚女医の足の裏を押しかえす。

「凄いです。浮きあがった血管の一本一本が、足の裏でも感じられます」

迸《ほとばし》る熱い雫《しずく》が、すっかり亜弓の足先を濡らしている。

媚熟女医の額に汗が滲んで光っていた。神経を足の裏に集中させるように、亜弓は目を細めている。

「ああ、もう射精《で》ます。も、もう、ダメみたいです！」

勃起を狂ったように跳ね上げながら、将太は表情を歪めた。

劣情の破裂は、最早止めようがない。睾丸が丸く固締まりして、発射体制を整えた。

「いいですよ。射精《だ》しても。ここまで我慢できたのですから上出来ですっ！」

やさしい声色にホッとした瞬間が限界だった。輸精管を精子の濁流が移動し、尿道に入り込んでいる。弾込めの役割を終えた睾丸が、強力な肉ポンプとなって伸縮したところで、悦びのトリガーが引かれた。

「先生！　ぐわあああああぁ、亜弓先生！　射精《で》るっ。射精《で》るぅぅ～～っ！」

亜弓の足裏に挟まれたまま、腰をぐんと浮き上がらせる。

白濁汁が細い射精道を駆け上がる快感。男根に溜まった熱までが狂ったように出口を求め、ついに暴発した。

ビュビュッ、ビュビュビュビュビュッと、肉幹を震わせ、射精口から多量の濁汁を吐き出した。頭の中が真っ白になる激烈な快感。凄まじい量の噴精に、呼吸が止まり、背筋が軽度の痙攣を起こした。

(こんな射精はじめてだ……。腰が蕩けそう……)

衝撃的なまでの喜悦に、陶然としたまま呆けている。

「ああ、この匂いっ。将太さんの多量の精液の匂い。おんなをエッチな気分にさせるフェロモンの匂いです。しかも、やっぱり凄い。こんなに吐精したのに、一度くらいでは、まだ収まらない逞しさも、おんなを淫らにさせるのです……」

雄々しくそそり立ったままの肉棒を、なおも足裏に擦り付けながら亜弓は将太を誉めそやす。

「こんなに射精《だ》したのに、こんなに硬い……。まだ足りないのですね？」

亜弓の言う通り、満ち足りた吐精をしたはずなのに、将太の性欲はまるで衰えない。それどころか狂おしいまでの獣欲が全身に渦巻いている。

「足りません。一度射精《だ》したくらいでは……。亜弓先生もご存知でしょう？　俺が亜弓先生とやりたいと思っていること。したいです。亜弓先生とセックスしたい！」

性熱に浮かされ理性のタガが外れたようだ。将太は、鼻先をヒクヒクと蠢かせ、媚熟女医のフェロモン臭を肺いっぱいに吸い込んだ。

5

「ああ、将太さんの血走った目。獣のようです……。けれど、そんな目で見られたら亜弓だっておんなですから、ほだされてしまいます。それに、まだ将太さんの早漏を克服できていません」

青白いとさえ思えていた色白の美貌が、いよいよ純ピンクに上気している。唇までがぽってりと赤く、熱を発しているかのようでありながら、凄まじい色気を漂わせている。

「将太さんのお望み通り亜弓がお相手をします。亜弓のカラダで、その対処法を試しましょう……」

言いながら媚熟女医は、その細い肩から白衣を背後へと落とした。そのまま両腕を交差させ、自らのカットソーの裾に手を掛ける。

小さなお臍《へそ》が覗けたかと思うと、すぐに下乳の丸みが姿を現す。パンティとお揃いの純白のブラジャーには、赤や青の細かい花柄の刺繍《ししゅう》が彩《いろど》りを添えている。

ブラカップに包まれた白い双丘が強烈な蠱惑を宿し、将太の瞳に飛び込んでくる。莉乃の時もそうだったが、この病院のおんなたちは大胆だ。とても寝そべってなどいられずに将太は上体を起こした。

「亜弓先生、綺麗だぁ……」

あまりに眩い下着姿に、溜息と共に思わず感嘆の言葉が零れ出る。そんな将太を媚熟女はクスクスと笑った。

「男の人って、本当におっぱいが好きですね。将太さんも、そうみたい。でも三十路にもなるおんなのおっぱいでも、お気に召すのかしら？」

「三十路でもなんでも、綺麗なものは綺麗です。おっぱいだけ前に張り出している感じで……。あっ！　すみません。胸ばかり見られると、うざいですよね」

慌てて謝る将太に、亜弓が首を左右に振る。

「あん。構いません。患者さんの視線を胸元に感じたりもしますから、もう慣れっこになっています。でも、莉乃さんほど大きくはないでしょう？　男の人は、大きな胸の方が好きですよね？」

「そりゃ小さいより大きい方が好きですけど、亜弓先生のおっぱい、本当に綺麗で、つい見とれてしまって……」

確かに、莉乃の大きな乳房も魅力だが、亜弓の乳房は均整がとれていて、また違った魅力に溢れている。未だブラジャーが残されていても、これほどまでに魅了されるのだから、その全容を目の当りにしたら目が潰れるのではと思うほどだ。

「まあ、将太さんったら。その言葉、うれし過ぎます」

甘い幸福感をまぶした媚熟女医の微笑が、将太をもしあわせにさせる。心と心が通うとは、こういうことなのだろう。

「うふふ。じゃあ、たっぷりと、亜弓の生おっぱい、見せてあげますね」

しなやかに腕が背筋に回されると、指先がブラジャーのホックを外した。女体にまとわりついていたブラのベルトが撓《たわ》み、将太の期待がいや増す。

細肩のストラップを滑らせ、二の腕に軽くかける。ふくらみを覆うブラカップがずれていく危うい眺め。乳肌の白い稜線が少しだけ露出した。

(あ、亜弓先生のおっぱいが、あと少しで……)

亜弓のしなやかな指がすっと乳房の上に乗せられ、そのまま白い谷間に沿ってマニユキュア煌《きら》めく爪先が滑っていく。

「お……あっ……あぁ……」

扇情的でありながら、それでいて思いの外《ほか》、肉感的なバストが露わになるにつれ、無意識のうちに将太は口から感嘆の声を漏らした。

(先生の生おっぱい……。もの凄く綺麗だ。なのにヤバい。エロ過ぎる!!)

想像をはるか上を往《い》く美しい双丘が惜しげもなく披露された。

艶光りした白い半球が、微かに垂れながらも、美人女医の呼吸にあわせて官能的に上下している。

デコルテラインが華奢な分、豊かさを感じさせる。しかも、それが蠱惑と艶めかしさを生む所以《ゆえん》でもある。

先端で色づく乳暈《にゆううん》は、乳膚からほんの数ミリだけ段を成し、さらに乳首が色っぽくもその存在を主張している。白皙の乳膚と桜色の乳頭との鮮やかなコントラストが、また酷く繊細であり悩ましくもある。

「亜弓先生……！」

たまらずに将太は、蜜に誘われる蝶のように手を伸ばした。

「あっ！……んふぅっ」

恐ろしくやわらかい白い半球に、その指をそっと沈めていく。

「とても三十二歳のおっぱいとは思えません。この肌のハリと艶は」

六歳年下の莉乃の乳房にも、決して引けを取らない瑞々しさに舌を巻いた。

極上のシルクを連想させる滑らかな繊細さと人肌の温もりが、即座に将太の手指性感を刺激するのだ。指紋から沁み込んでくるような凄まじい官能味。マシュマロほどもふっくらとやわらかく、それでいて例えようもなく心地よく反発して、将太を感動に包み込む。

「手触りも最高だけど、見た目にもこんなに美しいなんて……」

三十路ゆえの熟《う》れ具合と相反する反発力に興奮を禁じ得ない。

「あッ、あぁッ、いやらしい手つきぃ……」

亜弓は湿り気を帯びた艶っぽい小声を漏らす。恭《うやうや》しい手つきでやさしく扱う愛撫に、媚熟女は早くも反応している。速まる心臓の鼓動を意識しながら、将太は乳房の膨らみを優しく捏ねた。

ビジュアル以上に量感を誇る双のふくらみを左右交互に嬲るたび、亜弓がピクピクと女体を震わせる。

「あッ、ふッ、あぁッ」

甘えたような喘ぎ声が鼓膜に響くと、将太の背筋にも歓びと興奮が走る。

「あぁん。勘違いしないでくださいね。普段は、こんな淫らな診療はしていません。貞淑なお堅い女医をずっと演じてきたのですから……」

「演じてきたということは、本当は貞淑でも、お堅い女医でもないのですね？」

「そ、そう。本当の亜弓は、もっと淫らで、エッチで……。貞淑そうに、お澄ましていただけです。だって医者なのですから……」

言い訳のような言葉を紡《つむ》ぎながらも媚女医は、乳房を将太の好きに任せてくれる。

指先に感じる乳房のやわらかさや耳に届く艶っぽい喘ぎ声、鼻腔に忍びこんでくる甘い果実のような匂いを、しっかりと将太は脳裏に刻みつけた。

(ああ、いつまでも揉んでいたい気にさせられる……)

人肌の温もりとこの世のものとは思えないやわらかさが掌に浸透《しんとう》してくる。双の心地よい物体がどこまでも将太を魅了し、二度とこの乳房から手を離したくない気にさせられるのだ。

6

「ねえ、もうそろそろ……。あんまり将太さんが、おっぱいを弄《いじ》るから、モヤモヤしてきて……。どうか、亜弓の膣中《なか》に逞しいおち×ちんをください！」

まるで花が開くようにゆっくりと太ももがM字に大きくくつろげられていく。それにつれ濃紺のスカートが、大腿骨の接合部のあたりまでずり上がる。

大胆に露出した黒いストッキングのクロッチ部は、先ほど将太によりビリビリに破られている。おのずと白いサテン生地のパンティが顔を覗かせた。

貞淑と淫靡を併せ持つ、レースで飾り立てられた純白のハーフバックショーツは、もしかすると将太に見られることを意識して穿《は》かれたものかもしれない。

「お願いです。久しぶりで疼いている亜弓のここに!!」

美人女医の細く繊細な指が、ゆっくりと股布のセンター部に運ばれていく。まるで自らの気分を高めようとするかのように、伸ばされた中指が薄布の下の女陰のあたりをツーッと淫靡になぞった。

「んふぅっ！」

爪の先でわずかに擦ったただけのように見えたが、亜弓の唇が色っぽく破裂した。

ビクンと蜂腰を揺らし、細い頤をクッと持ち上げ、繊細な鼻の稜線を天に突き上げる。

「このままでいいですか？　亜弓先生の美しい脚にストッキングを纏わせたまま、したいです……」

いよいよ昂る将太は、媚女医の許しも得ないまま、そのむっちりとした太ももに手を伸ばした。

「ショーツも穿いたままでするのですか？」

「そうです。このほうがエロティックでしょ……。フェチが刺激されて、気分が高まります！」

衣服などとはまるで異質のその感触。人肌の温もりを伝えると共にサラサラスベスベの独特の化繊の触り心地。そして、パンストに包まれた脚のむっちりとした肉感に将太は、ドクリと先走り汁を切っ先から吹き零した。

「あっ、ん……ふ、ぁはぁっ」

ねっとりと太ももを撫でまわす手つきは、おんなの脚線を知る淫らな動き。莉乃との経験が、少しは女体を味わう余裕を持たせてくれている。

「亜弓先生からいい匂いがいっぱいしています。ちょっぴりエッチな匂いも……」

「や、将太さん……あんまり嗅いじゃいやです。ああん、ダメぇ」

首筋に鼻を擦り付け、将太はおんなの香りを堪能していく。莉乃と同様、消毒液の匂いが微かにしているが、それ以上に淫靡な牝臭がして牡獣の性欲を刺激する。

「ああん。匂いでも、おんなのカラダを味わっているのですね」

「そうですよ。うっすらとクロッチが濡れているから、ここがエッチな匂いの源泉ですよね？」

「や、ダ、ダメです。将太さん。そ、そんなところを嗅がないでください」

将太は体をムリに屈《かが》ませ、クロッチの目と鼻の先で、すーっと鼻を鳴らす。揮発した牝蜜の香りが、肺いっぱいに満ちていく。馥郁《ふくいく》と甘く、饐《す》えた匂いに、将太の性衝動が暴発した。

「あ、亜弓先生！」

上半身に身に着けていたシャツを手早く脱ぎ捨て、未だ足元に絡みついたままのズボンとパンツも捨て去ると、そのまま亜弓を診察台に押し倒した。

少しばかり肌寒さを感じたが、火照る体には心地いい。

青い衝動に突き動かされた将太は、熟れた女体を我がものにせんと燃え上がらんばかりに猛《たけ》り狂っている。

「パンティを、挿《い》れる場所を指で開いていてもらえますか？」

辱《はずかし》める目的ではない。その言葉通り、挿入に邪魔な薄布をくつろげて欲しいのだ。

彼女自ら扉を開けて、優しく招いて欲しい気持ちもあった。

「恥ずかしいことをさせるのですね。将太さんの意地悪っ、あぁぁ……」

美貌をさらに紅潮させた媚女医が、自らのヒップを心持ち掲げながら、細指で白い薄布をくつろげた。

「これでいいですか……？　ああ、亜弓のこの恥ずかしい孔《あな》に、早く将太さんのおち×ちんを……」

月下美人を彷彿《ほうふつ》とさせる妖艶な匂いを撒き散らし、淫壺の粘膜が、ぬぽぉと口を開けている。秘裂の中が丸見えで、子宮へと続く襞肉の奥を見せつけている。

『あなただけのために、たっぷり濡らして待っているのよ』

女淵がそう告げるようにヒクついていた。

「ああ、亜弓先生のおま×こ、可憐な花のようです。凄く繊細で、上品で、綺麗で、ああなのに、やっぱりいやらしい。美しい先生にこんな部分があるなんて、ちょっと不思議です」

若者らしい感想に、亜弓は耳まで赤く染めている。それでいて整った美貌を蕩けさせると同時に、安堵した表情にも見える。

将太より一回り年上であることへの負い目とも内心の不安ともつかぬ心情が、綺麗と言われて、心から安心したのかもしれない。

「もう、そんなことはいいから、早く来てください。将太さん」

将太は身体を僅《わず》かばかり後退させ、ストッキングのむっちり両脚を抱え持ちながら押したたんでいく。

挿入の体勢に入った真っ直ぐ突き出た剛直をあらためて目の当たりにした亜弓の虹《こう》彩《さい》が広がった。

「あん、すごい迫力ですね」

そんな美人女医の感慨も、最早、今の将太には届かない。

「挿《い》入れますね」

男がおんなを見下ろす正常位で、真っ赤に焼けた鈴口を蜜口にそっと重ねた。

すでに愛液を滴《したた》らせている縦《たて》渠《みぞ》は、莉乃同様にまたしても将太の分身とはサイズ違いに思えるが、おんなの柔軟性がそれを補ってくれることを知っている。

鈴口から夥しく噴き出した先走り汁も、十分すぎる潤滑油となるはずだ。

「あっ、あぁんっ。しょ、将太さん。早くっ！」

甘くねだる女医の表情は、淫らに発情した牝のそれだ。

求められるまま将太は腰を進めて、膣穴をめざす。

「ここですね？」

思えば莉乃とは、騎乗位で導かれるばかりで正常位はほぼ未経験だ。

「そう。ああん……そこ、そこにそのまま」

一オクターブ高くなった亜弓の声を耳にして、肉棒がさらに硬く引き締まる。

（すごく濡れている。亜弓先生）

媚熟女の蜜汁は、上質なハチミツのように滑らかさも抜群だった。さらに媚肉の感触もこのうえなく、先端を押しあてただけで股間が痺れた。

（これは挿入しなくても判る。極上だ！）

将太は期待をこめて肉棒を送りだす。呼応するように亜弓も腰位置を微調整させる。

愛欲と肉欲の混ざった瞳を見つめ合わせ、ふたりは牡肉と牝肉を交わらせた。

ズチュ——雄々しく腰を押し進めると、おんなの肢体が艶やかに委縮する。

鋼鉄のような熱茎でゴリゴリと柔襞を割った。肉路が抵抗し、仰向けの乳房がプルンと揺れる。

「はぁぁんっ！」

美貌を切迫させて亜弓が喘いだ。命乞いでもしているかのような表情を浮かべている。

（やっぱり亜弓先生のナカって凄いぞ。柔らかいのに締めつけが凄くて……）

これがキツマンと呼ばれる名器なのだろう。

莉乃に挿入したときは、はじめての緊張で脂汗を流し、想像以上の快感で、あっという間に果ててしまった。

亜弓はそれ以上の強烈さで男根をキュゥゥと絞りあげてくる。

「おあぁっ、す、凄いです……。亜弓先生のヴァギナがいっぱいにっ!!」

まだ切っ先がようやくとば口を潜り抜けたばかりで、媚熟女医は艶めいた悲鳴を上げている。充溢感たっぷりの挿入に、足指がきゅぅっと丸められた。

子宮から響く甘美な衝撃に、女体は恍惚《こうこつ》として震えている。

「熱い。すごく熱い。将太さんのおち×ぽ、焼き鏝《ごて》のようです」

鋼のような亀頭部の硬さをもって、おんなの蜜孔を重く貫いていく。

「あっ、あはぁん、ひうっ……んんっ！」

ギリギリと歯を噛みしめながら、牝肉が謳《うた》い上げる最上の悦びを味わっている。甘くはしたない卑蜜がおんなの股座から溢れた。

「ううっ……ふぁ、ああああ……きゃあ、ああああああ」

美しい眉が険しく寄せられる。

「おお、挿入《はい》る。あ、亜弓先生の膣中《なか》へ入っていく。つおおお、おおおおぉ」

美しい女医と合一した喜びで、興奮は最高潮に達する。

胎内へ潜った男根に、気も遠くなるような愉悦が迫った。この上ない豊穣の恵みを将太は一心に味わっている。

「ぐうぅぅっ。はぁ、はぁ、亜弓先生。すごい締め付けです」

媚熟医が性交の耽溺《たんでき》に浸る中、将太もまた至福の喜悦にまみれていた。

亜弓の媚肉は、そのスレンダーな女体に比例して狭隘《きょうあい》だった。しかも、その膣洞は、複雑にうねくりながらさらに締まるのだ。

まるで細いゴム管にくぐらせているようで、その柔軟性と溢れんばかりの汁気があって、辛うじてミリ単位の挿入を可能にさせるのだ。

(な、なんだこの気持ちよさは……。莉乃さんのおま×こもよかったけれど、亜弓先生のおま×このエッチなヌルヌル、ヤバすぎる!)

未だ肉幹の半ばも埋まっていないのに、帳《とばり》を潜った瞬間から陰茎に絡みつくような無数の肉襞。貫通しきってもいないのに蠕動《ぜんどう》運動が早くも開始され、亀頭部を微妙にくすぐってくる。

その凄まじい具合のよさに、将太は挿入開始直後から歴代総理に登場を願わなければならなかった。

「んぁ、ああっ……膣中《なか》に、どんどん亜弓の膣中《なか》に入ってきます！　あっ、あっ、広げられてるぅ！」

ぬめる膣内を強引に拡張するにつれ、膣奥がヒクヒクと戦慄いている。力強く犯されることに、おんなとしての本能が歓喜するのだろう。

「あひぃっ！　つ、貫かれると甘く強烈な快感が全身に……。あ、んあああっ……頭の中が真っ白に……ぃ！」

ブルブルブルッと女体が激しく慄《おのの》いた。凄まじい悦楽に喉を震わせている。

「あはあああぁん、亜弓、こんなに敏感じゃなかったのに……。いつからこんな浅ましい肉体になったのかしら……」

媚女医にとって、肉柱の全てを収めていない状況で、これほどの悦楽が全身に行き渡るのは、はじめての経験であるらしい。

「あの。亜弓先生。続けてもいいですか？　先生の膣中《なか》に、全部挿《い》入れたいです」

あまりに亜弓が美貌を歪めるため、もしや苦悶しているのかと、肉幹の半ばほどで挿入を中断していた。

「あぁっ、ごめんなさい。大きな声を出して。こういうこと久しぶりだったから、カラダが驚いたようです……。いいですよ。亜弓の奥まで来てください」

自分自身、事の真偽が判然としていないようで、いつもの説得力を欠いている。

もっとも、将太には、亜弓が本当に久しぶりのセックスなのだという事実がうれしくて、その言葉で十分納得していた。

「ありがとうございます。気持ちよすぎて、どれだけ我慢できるか判りませんが、とにかく全部、挿入《い》れたいから……」

言いながら将太は、本能の命じるまま、欲望の赴くまま、さらに腰を押し進める。

ぷちゅりと粘った水音が弾け、ずぶずぶずぶっと先ほどよりも幾分速いペースで穂先を分け入らせた。

「あん、ぁあぁっ！　まだ来るのですね……。ぁはあ、亜弓の膣中《なか》に大きなおち×ちんが……あ、亜弓の……亜弓の一番深くまで……ぇ」

極上の美女に肉柱を埋没させていくにつれ、征服欲が満たされていく。絶えず膣襞が収縮を繰り返し、付け根と幹の中ほど、さらにはカリ首の一番敏感な辺りを三段に喰い締められる。

「んっ……ふぅ……ふはぁ……うふぅ……」

仰向けに美しいドーム状の乳房が、美女医の意図的な呼吸にあわせ美しく上下する。その度に、肉柱の質量に慣れていくのか、キツキツだった狭まりが穏やかに緩みはじめ、その分、締め付けとのメリハリがさらに強まる。

「亜弓先生のおま×こ、超気持ちがいいです。やさしく締め付けたり、舐めるようにくすぐったり、強くしゃぶられるような感覚も……。うおっ、また動いた！」

それればかりではない。あの亜弓先生と結ばれているというシチュエーションそのものが、凄まじいまでの興奮を惹起させている。

(亜弓先生のおま×こに、俺のち×ぽが、ずっぷり刺さっている……。ありえないよ。こんなに綺麗な人が、こんなにエロいポーズで俺とセックスしているなんて)

黒いストッキングに包まれたしなやかな美脚をふしだらに開かせ、パンティを穿いたままの媚花を肉棒で穿っている。亜弓の媚肉をムリに淫根で切り拓き、膣奥まで蹂躙している。まるでレイプでもしているかのような倒錯感ともあいまって、快感と興奮が将太の巨大な睾丸を慄かせるのだ。

あまりの官能に、先ほどから歴代総理の名も出てこない。

「や、ヤバいです。亜弓先生、そんなにおま×こを蠢動《しゅんどう》させないでください。このままでは、動かす前に射精《で》ちゃいそうです！」

とてもではないが、長く持ちそうになかった。これはまずい事態だ。

亜弓は、身をもって将太が早漏を克服できるよう協力してくれているのだ。にもかかわらず、あっけなく終わってしまうことに罪悪感を覚えた。

「あ、亜弓先生の膣中《なか》が、気持ちよすぎて。これじゃあ……」

込み上げる射精衝動が快楽を持って将太を打ちのめすのだ。

気を逸らすようにと教わったはずなのに、それもほとんど役に立っていない。このまま将太の早漏は、治る見込みがないのかもと思われた。

7

「我慢することはありません。射精したいのなら、射精してもいいですよ。亜弓もあんまり気持ちがいいから、そのことを伝えるのを忘れていました。ごめんなさい」

「えっと……でも、これって、俺の早漏を解消するためのお試しでしたよね」

「ああ、そうですね……。そこのところに若干の誤解があるようですね」

潤ませていた亜弓の瞳が、一瞬にして理性の火を灯した。それでいて、媚女医の膣口から揮発する濃密な愛液は、ねっとりとした牝フェロモンを孕み、将太の脳髄まで侵蝕《しんしょく》していく。

「誤解？　ですか……」

「ええ。亜弓は、将太さんの悩みを解消したいのであって、早漏自体を治そうとしている訳ではないのです」

ピンクの靄《もや》が脳内に立ち込めているせいか、亜弓が何を言おうとしているのかなかなか理解しきれない。

「ええと。でも俺の悩みは、早漏ですよ。だから、早漏を治さないと悩みはなくならないのでは……」

「あん。なんだかもどかしい……。焦《じ》れてしまいそうです」

言いながら亜弓が、太ももをモジつかせた。もどかしく焦れているのは、自らの肉体に起きた官能の焔が満たされないためであろうか。それとも、将太の理解力の低さを苦々しく思っているのか。あるいは媚女医も、頭の中にピンクの靄が降り始め、上手く説明できないことに焦れているのか。

いずれにしても、亜弓は我知らずのうちに凄絶な色香を全身から発散させている。

要するに、理由は何であれ肉体的にも、精神的にも亜弓が焦れているのは事実だ。

「将太さんは、何のために早漏を克服したいのですか？」

唐突な亜弓の質問に、将太は首を捻《ひね》った。

「何のためって、早漏だと恥ずかしいし、早く終わっちゃうし、一方的な感じがして相手にも失礼なような……。第一、相手を気持ちよくさせてあげられないじゃないですか」

己の心内を探るようにして、将太はその質問への答えを導き出した。

「ですよね。恥ずかしい気持ちはともかく、それってお相手の女性を気持ちよくさせることができたら、ほとんど問題はないということではありませんか？」

シルキーな声質が、いつものように知性とやさしさを伴い、やわらかく響く。

「そうですけど。それも早漏では……」

「大丈夫ですよ。将太さんは、その早漏を上回る武器をお持ちですから」

「武器ですか？　俺の武器って何でしょう……？」

元来、将太は、あまりネガティブな考え方をしない方だ。けれど、こと性的な問題に関してだけはトラウマがあるせいか、なかなかポジティブになれずにいる。

いまも単に亜弓が将太を勇気づけるために気休めを言っているように感じられる。

あるいは、そういうところがモテない遠因なのかもしれない。

「将太さんの武器は、日本人慣れしたペニスと回復力です。それを上手く使えば、悩むことなんて……。だって、ほら、亜弓はこんなに焦れています。おま×こが、熱く火照って、早く動かして欲しいと、疼いています」

媚女医の言葉通り、蜜壺の蠢動が大きくなった。くにゅっと締め付けてくる回数も増えている。

「おうぅっ！　何とかしてと訴えるみたいなキツイ締め付けが……。だから、射精《で》ちゃいますよぉ。膣中《なか》に射精《だ》しちゃまずいじゃないですか」

こうして極上の女陰に埋めたまま対話していられていることとさえ、将太にとって奇跡に近い。最早、一刻を争うほど射精欲求は高まっている。

「いいの。亜弓が射精《だ》して欲しいの……。心配しなくても大丈夫。後でお薬を呑んでおくから……。だから、ねえ。もう余裕がなくて……欲しくて狂っちゃいそう！」

ついには、口調さえも変える亜弓。丁寧語にするのさえ、もどかしいのだろう。そのセリフと共に理知的な瞳の輝きが急速に消え失せ、発情したおんなの淫情を燻《くすぶ》らせている。

「すぐに終わってもいいの。今夜は何度でもさせてあげるから。その絶倫を武器に、亜弓をいっぱい感じさせて……」

「な、何度もって……そんな嬉しいことを言われたら、お、俺」

悩殺のセリフに頭のネジが緩み、どこかへ飛んでいきそうだ。

喜び勇み、将太は肉棒を沈めた。付け根近くまで漬けていた分身をさらに奥に進めようと腰を突き出したのだ。

ジュブッと、愛液の雫が棹を伝ってふぐりを濡らす。芳醇な蜜汁を絡めながら、穂先を子宮口にぶち当てた。

「はうん、い、いいわ。ああん、将太さん。そこ、いいっ！」

引き抜く運動がはじまるものと身構えていた亜弓は、一心に将太を見つめて、息を弾ませる。

抱きしめる将太の腕の中で、白い肌がタラタラと発汗をはじめている。

「ううう。ち×ぽが先から溶けちゃいそうです」

突き込んだ雁首《かりくび》が、しゃぶられているみたいだった。分泌液の温かさと、うねりを伴った膣肉の動きに、将太はすっかり翻弄《ほんろう》されている。

「ぐわあああぁっ！」

熱く呻きを上げながら、こんどは肉棒を引き抜いていく。媚熟医のふとももがびくりと震え、ぽってりと紅い唇が扇情的にわなないた。

「んふぅ、あ、っく……ふぁ」

声を殺して啼く亜弓に、将太はさらに男心をそそられる。

カリ首のあたりまで引き抜いたところで、もう一度ゆっくりと挿入していく。肉棒にまとわりついたカウパー液と亜弓が溢れさせた蜜液が十分な潤滑を与え、はじめた頃の狭隘な抵抗はほとんど感じられない。

代わりに押し寄せるのは、つづら折りの粘膜とゴツゴツとした牡肉が互いに擦《こす》れあう感触。互いの肉体の奥から噴き上がる官能が、高みへと昇っていくようだ。

「亜弓先生。もうイキます。射精《で》る。ああっ、亜弓先生っ！」

危惧した通り、一たび動かすと、ほとんど保つことはムリだった。三擦り半よりは、幾分ましであろうが、二度目の射精にしては早すぎる。

けれど、全く自制は利《き》かず、将太は絶頂だけを求める抽送をどんどん速めている。

硬化した皺袋にまで牝蜜がべっとりと絡まり、ヌルヌルと媚女医の股間と触れあわせている。

「うっ、あはぁっ……。いいわよ。射精《だ》して！　亜弓の膣中《なか》に射精《だ》してぇ!!」

ドクンドクンと、沸騰《ふっとう》した血液が分身に流れ込み、さらに肉柱を硬化させ射精態勢《たいせい》を整えた。

「ああっ、射精《で》る。射精《で》るよ！　亜弓先生っ！　うふぉおおおおぉ～～っ！」

媚女医の女体を力いっぱい引き寄せ、膣の最奥に膨張しきった肉傘を潜り込ませる。全身全霊で、魂まで蕩けさせ、将太は歓びの高みを駆けのぼった。

ビューーッ、ドビュビューーッと盛大な牡の劣情を亜弓の聖域に叩きつける。

「あはんっ。射精《で》てるっ。将太さんの精液、亜弓の膣内《なか》にいっぱい出て……。ひうっ。これ凄い！　射精《で》るのが、止まらない。あぁ、熱い汁で亜弓の子宮が溺れそう！」

精液をより奥まで注ぐため、奥歯を強く噛んで背筋を伸ばす。

三十路の熟女医でも、これまでの経験とは全く異なるレベル、けた違いの噴精を受けたに違いない。欲望で煮えたぎった精液を何度となく流し込まれ、驚きと快感の入り混じった表情を見せている。

（もっと多く、もっと勢いよく亜弓先生に射精するんだっ！）

腹筋に力を籠めて息み、肛門を搾りあげて射精力を上乗せする。射精発作に合わせてグイッ、グイッと牡腰を突き出しては、子種に勢いを与える。

美人女医に種付けしている悦びに噴精が止まらない。ニワトリの玉子ほどもある大きな陰嚢《いんのう》に溜められた精子が次々と肉の砲身を遡っていくのだ。

それでも委縮しようとしない肉柱がコルク栓のように蓋をしているから、行き場を失った精液に亜弓の子宮が溺れるのだろう。

「しょう、た……」

亜弓と結合したまま、将太は唇の端から涎を垂らし、事後の余韻を愉しむ。女陰に溜まったザーメンが敏感になった肉棒に絡みヌルヌルずぶずぶの状態だ。

敏感になり過ぎて分身を膣から引き出すのはムリだ。それこそ腰を持っていかれそうだ。

「ああん。将太さんったら、凄すぎです！」

性の余熱をやり過ごしている将太の首筋に、亜弓の腕がゆっくりと絡みついてくる。細い腕に似合わず、思いがけず強い力に引き寄せられた。

将太は顔からぼふんと、亜弓のやわらかいふくらみに着地した。

8

「いっぱい射精《だ》したのに、まだ亜弓の膣内を満たしています……。この分だと、まだ続きができそうですね」

嬉しそうにつぶやく亜弓。クールビューティがその印象をすっかりと変え、いまは凄絶な色香を湛《たた》え輝いている。その姿は、美の女神ヴィーナスのようであり、飛び切り妖艶な女神エロイースのようでもある。

「できます。亜弓先生となら、まだまだできます！」

なるほど美女医が先ほど言っていたのは、こういうことかと実感できた。早打ちをしても、萎えない力で圧倒する。

（つまりは質より量ってことか……。回数を重ねることで、相手を気持ちよくさせればいいんだ！）

思えば、莉乃との時もそうだった。欲望のままに、何度も求めるうちに、ついには莉乃を絶頂に導くことができたのだ。あの時は本能任せで、意図せずにやっていたが、これからは意図的に己の絶倫を利用すればいいのだ。

これまでは自分の際限のない〝絶倫〟を、おんなの子から厭《いと》われる要素と思い込んでいたが、どうやらそうではないらしい。

（先生の言う武器って、そういうことか！）

腑《ふ》に落ちたからには、あとは実戦で要領を摑むばかりと、早速、目と鼻の先で色づく亜弓の乳頭を口腔に含んだ。

「きゃうっ！」

乳房の奥に、甘い快感が弾けたのだろう。悩ましくも官能的な喘ぎが、亜弓の紅唇から零れた。

勢いづいた将太は、汗で淫らに照り輝く水蜜桃を掌にガッチリと捕らえ、口は所有権を主張するように乳首にチュウチュウ吸いつかせる。高まった興奮と肉欲に、ゆったりとした律動を再開させた。

まだ少し過敏気味な分身から凶悪な快楽が発火し、またぞろ頭の中がセックスのことしか考えられなくなる。

「あっ、あっ！　あンっ！　いいっ、いいわ将太さぁん……っ！　あっ、んああっ！」

亜弓もまた膨張していく快感に翻弄され、将太の首筋にしがみついてくる。

「んっ、んっ！　んっ、あはぁっ……そっ、そんなにされたら、亜弓、感じちゃいます……あっ、ああんっ！」

相変わらずのキツマンが三段締めで将太を貪る。

（これじゃ、また長く持たない。先生を先にイカせたいのに……）

何とか踏みとどまっていられるのは、歴代総理のダルマのような澄まし顔をできるだけ詳細に思い浮かべているからだ。それをおかずに射精するのだけはごめんだ。

「ぶふぅ……。ハァ、ハァ……。あ、亜弓先生も気持ちよくなるの手伝ってください。自分から積極的に！」

自ら気持ちよくなるように蜂腰を動かしてと訴えたつもりだ。けれど、何を勘違いしたのか媚熟女医は、こくりと小さく頷くと、その白魚のような指を自らの股間に運んだ。

「ふしだらな亜弓を軽蔑しないでくださいね」

細く長い繊細な指先が、自らの肉のあわせ目にあてがわれた。

「ううぅっ……。こんなに敏感になっている。指が少し触れるだけでも、あはぁ、あ、亜弓は……」

将太の肉棒を咥え込んだまま、指で充血した小さな突起を弄ぶ媚女医。途端に、女体がビクビクンと、淫らな痙攣を起こす。同時に、ぐちゃぐちゃにぬかるんだ肉畔が、強烈に蠢動した。

「うおっ！　あ、亜弓先生。膣中《なか》が物凄く蠢いてヤバ過ぎです！」

道連れにされた将太も、目を白黒させて呻きを上げる始末だ。

「だって、将太さんが意地悪を言うから……。亜弓は、素直に言いなりになっているだけです……。あひぃっ！　でも、もう指先を止められません」

薄い皮を押し上げるようにして、ピンクに充血した女核を露わにすると、芯芽に中指が触れた。

「あはぁ……。ダメなのに。こんな淫らなこと、してはいけないのに……。将太さんが悪いのですよ。亜弓に気持ちいいことを思い出させるから……」

とてつもない愉悦に全身を貫かれ、美熟女医は、ぐぐっと細腰を持ち上げた。あまりの快感に、じっとしていられないのだろう。

「うぐっ……っくう……」

峻烈《しゅんれつ》な電流を追い、中指でクリクリと女核を揉み込んでいる。

濃艶な痴態を振りまいて官能を貪る亜弓に、たまらず将太も呼応する。

「あんっ、あんっ、あぁん……おほぉ、おおん！」

いまなら将太でも媚女医を絶頂に追い詰めることができると、猛々《たけだけ》しく肉棒を抜き挿しするのだ。

「ああ、素敵です。将太さん。なんて素敵なの。お願いです、もっと深くに来てください。奥まで突いてぇ！」

欲情にまかせて亜弓が尻を振る。負けじと将太も深突きに深突きを重ねる。交わりあう二人の性器が、くちゃくちゅ、じゅくぢゅぶっ……と、淫らに啼いた。

「ああ！　あ、亜弓先生っ！　うわああ～ぁっ！」

律動させるたび、女陰がきゅんと甘く締まり、将太の余命を奪っていく。

(ぐうううぅッ！　ヤバイっ。また射精《で》ちゃいそうだ……。それでも構わない。射精《だ》しても腰を止めなければいいんだ！)

すっかり亜弓に載せられた将太には、それが自分には可能なのだと自信がある。

最早、早漏など気にも留めず、容《かたち》のいい乳房を荒々しく揉みしだきながら、若さ溢れる屹立で、熟れたおんなを抉りたてる。

「あっ、ああっ！　ンンっ、将太さんのおち×ん、すごくいいっ……！　おっきなおち×ぽにいっぱい擦れて……あはぁ……す、すごく気持ちいいのぉ」

冷静な医師の仮面を脱ぎ捨て、年上のおんなの余裕まで失い、裸身を汗まみれにして肉棒に身も心も捧げる亜弓の艶姿は、もちろん牡獣を熱くさせる。絶え間なく分泌される発情汁が、若い淫棒をドロドロに溺れさせていた。

「お、俺も気持ちいいです。ああ、また亜弓先生の膣中《なか》に射精《だ》してしまいそう」

「いいですよ。いっぱい射精《だ》してください。好きな時に、射精して……。亜弓の膣中《なか》で何度も爆《は》ぜてくれるの、うれしいですっ」

将太は心まで震わせながら、さらに熟牝医に圧《の》し掛《か》かっていった。

太もも裏からヒップにかけてストッキングがミシッと鳴る。化織の妖しい感触を腰部に感じながら、力強く腰を振る。ジュプッ、ジュプッと揺れるごとに淫蜜が散る。左手を診察台につき、右手をまたしても乳房に及ばせた途端、牝腰がビクビクと痙攣しはじめた。

「あん、あぁんっ、将太さぁ～ん。亜弓、感じちゃうっ、すごい、すごい、すごいいぃ～～っ！」

麗しの媚女医が、悦楽を啼き叫ぶ。少女みたいな声でよがりまくる亜弓の姿は、青年を決壊させるに充分な魅力があった。

「あはぁぁッ、イッちゃう。将太さんのおち×ぽで、亜弓イッちゃううぅっ！」

すっかり将太の早漏のことなど忘れたかのように、自らの快感を追う亜弓。淫らな指先で敏感な女核を嬲りながら肉棒を喰い締め、ふしだらに昇り詰めていく。

「こんなにエロい姿、見せつけるの反則です。お、俺、もう、堪りません。我慢できない。射精《イ》きます。射精《で》るぅうっ！」

急激に、膨張した射精欲求は、将太に抗うことを許さない。

その瞬間まで深く野太い挿入で、絶え間なく子宮口をノックして、亜弓を絶頂の道連れにした。

「も、もう、だめッ!! イクっ。亜弓、イクぅぅぅっ!」

媚尻を揺らし、子宮を亀頭に貫かれて媚女医が果てた。蜜腰を卑猥に浮かせ、背中を反らせ、仰向いた亜弓の美貌は、恍惚とした表情に蕩けている。

「ゔうおおおおおぉ。俺も射精《イ》きます。イクっ! ぐああああぁっ」

亜弓と同時に、将太も到達した。

ブビッと勢いよく発射された白濁は、亜弓を絶頂させた達成感も伴い、将太の頭の中をいつも以上に真っ白にした。ただただ快感と興奮が、脳みそをボコボコと沸騰させている。

(やったんだ。ついにやったんだ。俺が亜弓先生を気持ちよくしてあげられた。イかせたんだ……!)

胎内で何かが爆ぜたような衝撃を受けた亜弓。将太が子宮にぶち当てた白濁液で、女体が更なる高みへと運ばれたのだ。

「おほおおおぉっ! イッ、イクっ、亜弓、またイクっ……。こ、こんなの知りません……。連続して、すぐにイッちゃうなんて……。こんなセックス知らないの……。いやぁぁぁっ、またイックうううぅぅ~~っ」

びゅびゅびゅぅううううううっ！　まだこれほどの量が残されていたのかと、将太自身でさえ思うほどの大量の吐精。恐らくは、凄まじい音量で注ぎ込まれるその音を亜弓も耳にしたはずだ。

「こ、こんな……」

信じられないといった表情で、媚女医がブルブルーッと震えている。

その多量の子種をごくごくと子宮が呑む音を将太は骨伝導で聞いた。

喉を晒すようにのけ反っていた女体は、しばしの空白の後、どすっと診察台の上に沈められ、ドッと汗を噴き出してビクビクと痙攣した。

あまりに深い快美感に、いまだわななきながら恍惚の表情を浮かべている。そのイキ貌を見ているだけで将太は、またしても昂ぶり、肉棒を律動させるのだった。

第三章　看護師長のパイズリ奉仕

1

「ああ、凄いです。凄すぎて際限がない。この大きな睾丸には、無尽蔵に性欲が詰まっているのですね……。それに亜弓まで触発されてしまいます……」

つい今しがた射精したばかりだと言うのに、将太の肉棒はビクリともせず、その威容を保っている。

美脚を飾るニーハイのストッキングの感触が、太ももに気色いい。あれ以来、亜弓は、網目の大きなタイツを穿《は》いたりガーターベルトでストッキングを吊ったりと、純白の足を飾り付けては、将太を悦ばすのが常になっている。

「それは先生のおま×こが最高だからです……。あぁ、おま×こに溜まった精液がヌルヌルして気持ちいい！」

いまは対面座位で結合したまま余韻を愉しんでいる。余裕で女陰を貫いていても、射精を終えた直後の分身は、やはり凄まじく敏感だ。

その怒張の十分な硬さを蜜壺で知覚していた亜弓の抱擁が弛《ゆる》み、豊潤なふくらみを将太の顔から離していく。再び蜜腰を浮かし気味にして、両手を将太の首筋に巻き付けて上体を支えた。

「おわっ。亜弓先生、ちょっとタイム。えっ、あっ、ぐわぁっ！」

またしても再開された律動に、思わず将太は奇声を上げた。

対面座位の肌と肌をべったり合わせた交わりは、いくら亜弓が頑張ろうとも、それほど大きな律動にはならない。けれど、過敏な亀頭部から凶悪な快楽が発火して、それこそ腰を持っていかれそうだ。太ももの上をスライドするストッキングの感触に、フェチを煽られてもいる。

はじめて亜弓の治療を受けて以来、将太は彼女から通院治療を言い渡されていた。日中は大学に通い、夜になると病院を訪れては、亜弓の〝治療〟もしくは莉乃の〝看護〟を受け、場合によっては〝入院〟して一晩中ということも珍しくない。

聞けば、この病院は亜弓が父親から引き継いだもので、現在は入院患者は滅多に受けていないそうだから、余程の特別扱いを将太は受けている。

(亜弓先生も莉乃さんも、どうして俺にここまでしてくれるのだろう……)

いくら将太の三重苦を憐れんでも、ナイチンゲールシンドロームなど生じない気がする。

「私も性欲が強い方だから……。でも、おんなから誘うのって、恥ずかしいのよね。その点、絶倫の将太くんだと誘惑するまでもなく迫ってくれるでしょう?」

以前、莉乃はそんな風に説明してくれたが、亜弓はどうだろう。

どう考えても、これほどの〝特別治療〟を受けるのは、憎からず思われているはずなのだが――。

「ねえ。亜弓先生。今更ですけど、どうして俺にここまでしてくれるのです? なんだか、俺ばかりいい思いをしているようで申し訳なくて……」

急に真顔になって尋ねる将太に、亜弓の女陰がキュンと締まった。彼女のハートがキュンとなったのを、媚肉がダイレクトに伝えたようだ。

「そ、そうですね……。うーん。言葉以外の励ましも、男と女には必要かと……」

その亜弓の返事に、幾分将太はがっかりした。つまり亜弓は、どこまでも医者として自らの柔膣で治療しているると言っているのだ。

「あん。そんな顔しないでください。本当はそればかりじゃありません……。はじまりは、莉乃さんが、あまりに勤務中にボーッとしていたことです。今までそんなことなかったので、事情を聞いてみました。そうしたら将太さんの〝看護〟をしているって……」

告白しながら頬を紅潮させる亜弓に、将太まで頬がボッと赤くなる。

「私も将太さんのおち×ちんは診察して知っていましたし……。精液の量とか匂いとかも……。あれを多量に浴びたら莉乃さんがボーッとなるのも当然に思えて」

恥ずかしそうな表情で打ち明ける亜弓に、この人もこんな貌をするのだと将太は思った。

「で、莉乃さんから相談を受けたのです。絶倫に任せて何度も射精する将太さんが心配って……。彼女、うちに来る前は心臓系のクリニックにお勤めしていたから……」

なるほど、莉乃が将太の心臓の負担を気に掛けていた理由に、合点がいった。

「私は心臓は専門外だけど、一緒に将太さんの健康管理をさせて欲しいって。できれば莉乃さんと一緒に射精管理もって……」

まさか莉乃が亜弓に相談を持ち掛けていたとは知らなかった。同時に、亜弓が莉乃に、将太と交わることを了承して欲しいと頼んだことも初耳だ。

「どうやら莉乃さんは、はじめからそのつもりだったみたいです。将太さん、絶倫すぎて私一人では身が持ちません——ですって」

打ち明けながらコケティッシュに笑う亜弓に、将太はさらに顔を赤らめた。

「将太さん。莉乃さんから愛されているのですね……」

亜弓にそう告げられてはじめて、莉乃が、亜弓の言伝《ことづて》を将太に告げた時のそっけなさや、病院に引き入れるときの不機嫌さの大本《おおもと》に気がついた。

つまりは、莉乃の悋気《りんき》の表れであったのだ。

「で、でもどうして、亜弓先生も、莉乃さんのそんなお願いを受けたのです？」

半ば戸惑いながら、再び同じ疑問を口にした。

「ああん。全部言わせたいのですね。いいわ。言ってあげます。亜弓も、莉乃さん同様、将太さんの精液の虜になったのです。あの時、飛沫が亜弓の唇にまで飛んできました。その味を忘れられなくて……」

ペロッと愛らしく舌を出して見せる亜弓。これがあのクールビューティかと思われるほど瑞々しい感情表現をしてくれる。

「それに莉乃さん、将太さんの〝看護〟をはじめてから一段と美しさが増しました。それもきっと将太さんのお陰かと……。将太さんがたっぷりとザーメンミルクを注ぐから、とっても気持ちよくなれる上に、美しくもなれるのです」

なるほど確かに、莉乃は、その美しさにさらに磨きをかけている。それが自分のせいだとは思ってもみなかったが、「愛されれば愛されるほど、おんなは美しくなる」と、どこかで聞いた。

ようやく納得した将太は、改めて亜弓の美貌に見入った。

「じゃあ亜弓先生も、もっともっと美しくなるのですね。愉しみだなあ。こんなに美しい亜弓先生が、俺に射精されるたび、気持ちよくなりながらもっと綺麗になるなんて……。きっと、亜弓先生なら女神さま以上の美しさになれますね！」

想像をめぐらせた将太は、興奮して告げた。亜弓の中に埋め込んだままの肉棒が、呼応するように疼いた。

ナイーブな会話で中断されていたお陰で、知覚過敏が収まっている。これなら、律動させても問題はない。

「女神さま以上って、そうなれるとうれしい……。でも、気持ちよくなれるのは、間違いありません。精子が濃くて、量が多ければ多いほど満足します。求められれば求められるほど、深い悦びに包まれるから……。おんなってエッチですね」

亜弓が告白しながらも興奮を募らせていくのが見て取れた。まざまざと、おんなの業《ごう》の深さを見せつけられている思いがした。

けれど同時に、そんな亜弓が途方もなく愛おしく思え、衝動的に将太は女体をそのまま押し倒した。対面座位から正常位に移行して、さらに亜弓の美脚を両肩に担ぎあげ、屈曲位に変化させた。

先ほどまで将太の太ももをくすぐっていた化繊が、今度は肩や背中を擦る。

「あぁん……将太さぁん！」

甘く詰まったシルキーな声に誘われ、将太は力強く肉棒を引き抜いた。

「エッチな亜弓先生に、いっぱい注いであげます。熱々のザーメンミルクを子宮に注ぎ、先生をイキ狂わせます！」

雄々しく叫びながら、肉棒を垂直に打ち込み、ズムと子宮口に着地させる。

膣奥にまで到達させた鈴口を、ねっとり子宮口とディープキスさせながら腰を捏ね、媚膣を攪拌《かくはん》する。

極太のマドラーで女陰をかき混ぜる感覚だ。

「んぁっ、やぁっ……。とろとろのま×こ、掻き回されて……。将太さぁ〜ん。あッ、あッ、あッ、それダメです。子宮が燃えちゃうぅっ！」

子宮と膣胴の境目となる軟骨をグイグイと圧迫するたび、亜弓から激しい反応が返ってくる。

「ああっ、亜弓先生……っ、あ、ああっ、射精《で》ますっ！」

猛り狂った欲望は、あっけなく将太を絶頂に導く。興奮が過ぎたようだ。

快楽で腰が砕けそうだった。視界が白い恍惚に包まれていく。

解き放たれた精液が、逆流してブビッと女陰からひり出された。野太い肉棒でも、蓋にならなかったらしい。

「ああ、凄い。将太さん、亜弓の膣中《なか》に何度射精しても足りていないみたい……。亜弓がもっと欲しいのですね。もっと自分の烙印《らくいん》を刻みたいのでしょう？」

射精したばかりだというのに、双眸《そうぼう》にはもう渇いた性欲が浮かんでいるのだろう。

その将太の表情を下から見上げ、美熟女医も官能に炙《あぶ》られている。

締まりのいい媚肉でしゃぶりつき、陰茎に絡みついた血管が淫らに脈動するのを感じ取っているのだ。

事実、次なる白濁液を撃ち出すために精嚢は増産に勤《いそ》しみ、肉柱は勃起を解かない。

「本当に将太さん。こんなに求められるのうれしい！」

またしても雄々しく挑みかかる将太を、うっとりと見上げては、なおも受け止めようとする亜弓。

「将太さん、来てくださいっ。その有り余る精液を全部搾り尽くしてあげます。将太さんが満足するまで何度でも……」

将太からオーラのように立ち昇る獣欲を、おんなは本能的に嗅ぎ取っている。屈曲されたままの女体をぶるぶると震えさせ、牝フェロモンを立ち昇らせている。

巨大な逸物を咥え込んだ女陰が、ねっとりと本気汁を滴らせ蠕動《ぜんどう》した。

「亜弓先生……！」

零れ落ちる情感を込め、その名を呼びながらグチュグチュと卑猥な音を立てて攪拌していく。

将太は、大きく唾を嚥下して、喉を膨らませた。

膣からひり出される肉棒に白く泡立った和合汁が絡み、ベリーをぶち込んだヨーグルトのような甘酸っぱい匂いを立ち昇らせる。

「あっ、んふっ。ん、んぅんっ。深すぎるくらい……んふぅ……奥まで挿《はい》ってます」

巨大な逸物を咥え込み、押し花のように圧迫された媚肉の花弁がくちゅりと付け根に吸い付く。そのずぶ濡れの媚花の中心部にずっぷりと嵌め込んだ牡肉をなおもぐいぐい押し付ける。

「んむぅ、むふん、ん、んんっ」

軽い上下動を加えながら、将太は亜弓の唇をやさしく奪った。

「先生。ありがとう。俺、すっかり自信がつきました。先生のお陰です」

感謝の言葉を述べては、やさしくも激しいキスの雨を降らせていく。

ズムッと分身を抜き挿ししては、媚女医の肢体を歓喜に溺れさせる。

亜弓の瞳が妖しく潤み、官能に燻っていく。差し出した将太の舌が、亜弓の口腔に呑まれていった。

「将太……さ……ん……チュ……んふぅ、はふぅっ」

亜弓は、より情熱的に口づけを受け入れてくれる。濃密に舌を絡め、唾液を交換しあい、接合した股間をグチュグチュと擦りあわせるのだ。

互いに心もカラダもこれ以上ないというほど蕩けさせ、雄蕊《おしべ》と雌蕊《めしべ》でディープキスを繰り返した。

（たまらない。たまらないよ、亜弓先生……。何もかもがドロドロに溶け崩れていく……。世界中が熱く溶けていくよぉ……！）

どっと噴き出した汗が滝となって、亜弓のカラダにも滴り落ちている。けれど、媚女医はそれをいささかも不快と思わぬらしい。

「将太さん、こんなに汗が……。頑張ってくれているのですね。少しでも亜弓を気持ちよくしたいと、こんなにいっぱい……。あはぁ、あと少しです……もう、そこまで来ています……。あと少しで、亜弓、恥をかきます！」

扇情の囁きが将太の頭を真っ白にさせた。またしても射精欲求が込み上げる。

「ああっ、どうしよう。また我慢できなくなった。でも、頑張るから。亜弓先生がイクまで、腰を動かすから……。たとえ射精《だ》しても、先生がイクまで……！」

膨れ上がる射精衝動を顧みず、将太は懸命に腰を振る。自らも昇り詰めてもかまわないとばかりに、将太は荒腰を使い、最奥の子宮口直下の臍側のとろとろになったぬかるみを狙い、ズンズンと突き入れる。

「あはん！　あぁ、激しい。亜弓、壊れてしまいそう……おほおおぉ！」

目前で揺れる容《かたち》の良い乳房を鷲掴み、充血した乳首をピンとひり出させて、荒々しく揉みしだく。

乳首から凄まじい快感が流れこんだのか、媚女医が桃色の嬌声をあげた。

「あぁん。乳首が痺れちゃう……ひゃうぅっ。あっ、ああん、引っ張っちゃ……あはあああぁぁ」

一回り年上の美人女医を翻弄する悦び。征服欲を満たされながら、将太はなおもズンズンと大砲で最奥を直撃する。

「あはぁイクっ!!　患者さんのおち×ぽでイかされるなんて、亜弓はふしだらです。ああ、でもイクの、イク、イク、イク～～ぅううううっ！」

　一気に絶頂まで昇りつめ、亜弓は女体をぶるぶると震わせた。きつく閉じられた瞼の裏では極彩色の花火が散っているに違いない。快感の大津波が怒涛のように押し寄せては、まるで引く気配がないようだ。

　その連続絶頂に見舞われている女体に、なおも将太は抜き挿しする。

「ああ、ダメぇぇ……。将太さん、亜弓もう我慢できない……。ごめなさい。またイきますっ。イッちゃう。イクッ、イクぅぅ……。んんんんんっ！」

　ガクンッ、ガックンと女体がエンストを起こしたように痙攣した。わななく唇から魂が飛び出すのではと思わせるほどの絶頂を媚女医が迎えている。

　その扇情のイキ様に、将太の限界も極まった。

「射精《で》ます。亜弓先生。俺も射精《で》ます！　おぉっ、また先生の子宮に射精《で》るぅうううう～～っ！」

　制御を失った精液が肉棹に流れ込み、ぶくっと亀頭部が膨張した。続いて白い情熱が勢いよく尿道を遡る。

「ぐふううぅ。射精《で》てるよ。莉乃さんのおま×こに射精する時よりもいっぱい。亜弓先生の膣中《なか》に射精《だ》していますッ！　ぐおおおぉぉッ！」

「あはぁ……熱いの注がれています。もっとください。亜弓のイキま×こに莉乃さんよりも、たくさん射精してくださいッ！」

その言葉通り、自発的にきゅっと女陰を締め付け、より多くの射精を求める亜弓。おんなの全てをわななかせ享楽の極みを彷徨《さまよ》っている。

「ああ、また、また膣中《なか》で……」

驚愕の声を上げながらも牝の陶酔に襲われ、子宮が嬉しそうに注がれた牡汁をゴクゴクと呑み干していく。睾丸に一滴たりとも残さず注いだというのに、まだ足りないとばかりに無理やり吸い出される。

その途方もない官能味に将太は、うっとりと蕩ける意識の中で、「ありがとう。亜弓先生」と囁いた。

2

「あなたたち、こんなところで何を……」と、突然の冷や水を浴びせたのは、看護師長の浅野純佳《あさのすみか》だった。

昨夜から亜弓に乞われるまま〝入院〟をして、明け方まで〝治療〟が続いていた。

将太は開院時間よりも一時間早く、ここを抜け出す予定だったのに、いつもより早く出勤した純佳に、見つかってしまったのだ。

将太がこの病院に通うようになってから、看護師長とも顔見知りになっている。素性を問われたことさえあった。

「将太くんって亜弓先生や莉乃さんと、とても親しいのね。どういう関係かしら？」

患者と称し頻繁に通院し、看護師長である純佳の知らぬところで、時折入院までしている様子の将太に不審を抱いていたのだろう。

ヤバいとは思いつつも、ついつい純佳の美貌に見惚《みと》れ、上手く頭が回らなかった。

亜弓や莉乃と同様、純佳もまた絶世の美女なのだ。

切れ長の双眸は左右で等しく、瞼にはくっきりと二重を描く。卵形の小顔は剝きたてのゆで卵を思わせるように瑞々しくて、少し厚めの唇はセクシー極まりない。

亜弓よりも年上の三十五歳と聞いていたが、知らなければ二十代にしか見えないだろう。

そんな純佳の全てを見透かしていそうな視線を真っ直ぐに受けては、将太が動揺せずにいられるはずもない。

「えっ？　ええ。よくしてもらっています」

挙動不審気味に、当たり障《さわ》りのない言葉で、なんとかその場は取り繕《つくろ》ったが、誤魔化せたのかどうか。

亜弓と莉乃から、師長には気を付けるよう注意されていたが、そんな矢先に、パンツをだらしなくずり下げられ、露わとなった下腹部に亜弓がすがりついている現場を押さえられたのだから、さすがに言い訳のしようもない。

「こ、これは……」

呆《ほう》けたように将太は、そのままフリーズし、亜弓もまた、絶句するばかりで言葉も出せずにいる。

「ここは病院ですよ。いくら開院前とは言え……」

そこで言葉を止め、純佳は亜弓と将太の顔を交互に見つめて、しばし思案顔になった。

「プライベートに立ち入るつもりはありませんが、ふたりとも慎んでください。特に先生！」

師長は、ふたりのことを慮ってくれたようだ。あるいは亜弓が院長の娘ということもあるのかもしれない。

結局、純佳は、それ以上事を荒立てず穏便に済ませてくれた。

しかし将太は、病院から足を遠ざけるしかないと思っていた。

（こんなにお世話になっている亜弓先生と莉乃さんに迷惑はかけられない……！）

とは言え、自分勝手であろうが、ふたりから離れることは考えていない。

将太は、すっかりふたりの美女に骨抜きになっているのだ。愛していると、自覚さえしていた。

（本当は、こんな宙ぶらりんに莉乃さんと亜弓先生の間を行き来しているのは嫌だけど……）

ふたりのことを本気で想っているだけに、フラフラと都合よく浮わついている自分が許せない。

モテたいと望んでいたのは、誰でもない将太自身である。けれど、持て余した有り余る精力のはけ口に、ふたりを利用しているようで嫌なのだ。あまりの自堕落ぶり、いい加減であり不誠実な自分に、自己嫌悪さえ抱いている。

「俺の気持ちはどこにあるのか……」

懸命に、自らの胸をまさぐっても一向に思いは定まらない。他方では、このまま上手く立ち回り、おいしい想いを続けたいと望む自分もどこかにいる。

元来、実直な性格の将太だけに、いっそ潔くふたりと少し距離を置くべきだとも思える。けれど、それは、やはり途方もなく辛い選択であり、年上の二人が許してくれるのだからと、都合よく振舞うこともつい考えてしまう。

どこまで行っても堂々巡りで、答えなど出ない。

折角、〝絶倫〟〝早漏〟〝巨チン〟の三重苦が解消されつつあるというのに、それ以上に深刻な悩みを抱えたようだ。

とは言えこの悩みばかりは、莉乃や亜弓に相談できない。

己の不徳を恥じながらも、のっぴきならないところに迷い込んでいる自分に珍しく落ち込んでいた。

それでいて、莉乃や亜弓から治療という名のお誘いがあれば、ホイホイと赴いてしまう将太なのだ。

「だって、しょうがないよ。しょせん、男なんて下半身に脳みその大半を左右されているのだから……」

そんなふうに自分に態《てい》のいい言い訳をして、後日また、将太は裏口から病院に潜入していた。

時刻は、既に夜九時を回っていた。

看護師長の純佳はもちろん、他の医師や看護師とも鉢合わせしないようにと、亜弓から遅い時間に来るように告げられている。

勝手知ったる——ではないが、照明が落とされていても迷わず診察室に辿り着いた。

マナーとして二度ノックをすると「はい」と中から返事があった。

なんだかんだ言っても、愛しい亜弓との逢瀬《おうせ》に気持ちが高ぶっているから、勇んで扉を開き、勢いのまま診察室に飛び込んだ。

「こんばんは。亜弓せんせっ！」

我ながら恥ずかしいくらいの弾んだ声でその名を呼んだ口が、あんぐりと開いたまま塞がらなくなった。

そこに居たのは、美人医師ではなく、あろうことか師長の純佳であったからだ。

3

「はわっ？　うわあああぁっ！」

あれほど対面したくない相手が、そこに立っていたのだ。

言葉にならないほど驚いたのもムリはない。

「こんばんは。将太くん……。それにしても失礼ね。まるで鬼にでも見つかったみたい！」

実際、将太には、純佳が鬼に見える。それも文字通り神出鬼没の鬼なのだ。

にっこりと笑うその笑顔が怖い。けれど、怖いものが美しければ美しいほど、その魅力は大きい。

「あっ、あの……。こ、こんばんは……。で、その、し、失礼しました。ちょっと驚いてしまって」

「あら、何に驚いたの？　私がここにいたから？」

純佳の微笑は、どこをどう見てもやさしさに満ち溢れている。その口調も、問い詰めるものではない。にもかかわらず、将太は完全に動揺していて、それを隠せずにいる。

「は、はい。何か間違いと言いますか、手違いと言いますか、そんなものがあったようで……。では、お騒がせしました。失礼します」

真っ白になった頭で、とにかく逃げ出すのが一番と判断した将太。挙動不審気味に後ずさりして、ドアの前で小さく頭を下げてからクルリと体を反転させた。

「ちょっと待って。そんなに慌てて逃げなくても……。別に取って食おうとしないから、まずはそこに座って」

そんな言葉をかけられて、ドアを開いて逃げ出そうとする将太に、少し慌てた様子の声が投げかけられる。

「亜弓先生からの伝言もあるの。だから、将太くん待って……」

亜弓の名を出され、ようやく将太は、少しばかり恐慌から立ち直ることができた。

ゆっくりと振り返り、純佳の表情を読み取ろうと努めた。

「まさか、逃げ出すなんて思わなかった。そんなに私って怖い？」

そう問いかける美貌には、穏やかなやさしさと、少しの困惑、さらには恥じらいのようなものが入り混じっているように見える。

「こ、怖いです……。いや、勝手にそう思い込んでいただけかも……。そうですね。落ち着くと、それほどでも……」

「それほどでもってことは、やっぱり怖いのね」

そう言いながら笑う看護師長に、ようやく将太も笑顔を浮かべた。この分だと、叱られたり、問い詰められたりするわけではなさそうだと安心した。

それが判ると、急速に恐ろしさは消えていく。むしろ、どうして自分は、この人を怖れていたのかと思えるほどだ。

恐らくは、亜弓や莉乃との関係がばれることを怖れる余り、いつの間にかそれがそのまま純佳への恐れに変わっていたのだろう。

いざこうして対面してみると、純佳は普通の女性でしかない。

（いやいや。普通じゃないよな。物凄く綺麗な人だ……！）

この病院に勤める女性たちは、年齢はどうあれ、ことごとく平均以上に美しい。そんなはずはないのだろうが、その容姿で採用が決まるのではと思うほど美女ぞろいなのだ。

中でも、目の前の看護師長は、亜弓や莉乃に負けず劣らず美しい。

「いえ。前言撤回します。〝全く〟怖くないです。浅野師長みたいな美しい人に対して怖いだなんて、大変失礼しました」

甘い顔立ちの莉乃や亜弓のクールビューティとはまた違ったタイプの成熟した美女の純佳。美しいと言われたせいか、ポッとその頬に赤みが差した。

同時に、その両肩から力が抜けたような気がした。そのせいなのか怜悧《れいり》な美貌がその輪郭を崩し、どこまでも柔和で穏やかなものになっていく。慈悲深い白衣の天使そのものにさえ映った。

（おわっ!!　師長って、こんなに色っぽい人だったっけ……？）

純佳を覆う気負いのようなものが解かれた刹那、これまでには感じさせていなかった色香が一気に押し寄せた。恐らくは、これが純佳の真の魅力なのだろう。ダダ洩れになった色香が、一段と華やかにおんなを引き立たせるのだ。

もちろん、亜弓からも大人の色気は感じるし、莉乃も匂い立つような色香を立ち昇らせている。けれど、純佳の色気には、ただそこに彼女が佇んでいるだけでも生々しく誘惑される。しかも、どれほど色っぽくとも崩れた感じはなく、涼やかな上品さを併《あわ》せ持っているから最強だ。

気付けば、いつの間にか将太は虜にされ、その視線を彼女に釘付けにしている。

(色っぽいのは顔もそうだけど、カラダつきとかもヤバいよなぁ。特に、おっぱいなんて、ヤバ過ぎる……！)

すっきりと年増痩せした女体を包むナース服も、その圧倒的なボリュームを誇る乳房の存在を隠せていない。

その純白生地を張り詰めさせる双丘は、いったい何カップなのだろうかと、思わず想像させられる魅惑の膨らみなのだ。莉乃よりも、さらに胸元を張り詰めさせているのだから、Fカップ超えは確実だ。

「ねえ。将太くん、いつまでそこに立っているつもり？　いいから、そこに座って」

促されるがまま患者用の椅子に腰掛ける将太。美熟師長は、亜弓の席に座るのかと思いきや、簡易的な折りたたみ椅子を優美な仕草で将太の傍らに運び、腰を降ろした。

三十五歳という年齢の割には、肌が透き通るように美しい。煌めくようなマロンブラウン色のミディアムロングの髪や、手足がモデルのようにすっと長くメリハリのある体付きは、二十代といっても通用する若々しさだ。

それでいて肉感的な胸元やヒップは、間違いなく人妻の色気を宿している。

正確には、師長は人妻ではない。亜弓から純佳がバツイチであると聞いている。

「あ、あの。どうして、浅野師長がここに？」

目のやり場にも困る将太は、質問を発することで強烈に惹きつけられる自分を止めようとした。

「そうね。まずそれを説明しなくちゃね……。簡単に言うと、亜弓先生と莉乃さんのおせっかいが半分。私自身の意思が半分ってところかな」

あまり要領を得ない回答ながら、亜弓ばかりか莉乃までもが一枚噛んでいることが知れた。

けれど、そんなことより問題は、さらに頬を上気させる純佳が、その色っぽさを増幅させたことだ。お陰で、将太の心臓がバクバク言いだす始末だった。

「亜弓先生と莉乃さんが、ここに師長を……」

辛うじて話の先を促した将太に、純佳はこくんと頷いた。

「先日、亜弓先生との不適切な行為を見咎《みとが》めたでしょう。その後に、今度はキミと莉乃さんが路上でキスするのを見てしまったの……」

だから病院の側ではまずいと、莉乃にはあれほど言ったのだ。

その純佳の言葉に一瞬ヒヤリとしたが、相変わらずの師長の表情から、それを咎めるつもりはないのだと知れた。

「プライベートに立ち入るのはおせっかいだし、まずは将太くんが何者なのかを調べようとカルテを探したのね。そうしたら、なかったの。キミのカルテ。やむなくそのことを亜弓先生に伝えたら事情を全て説明されて……」

カルテがないことは将太にもちょっと驚きだったが、恐らくは用心のために亜弓が別で保管しているに違いなかった。

「事情を全てってことは、俺の巨チンのこととか、早漏や絶倫のこともですか？」

「そう。キミが何を相談にウチの病院へ来たのかとか、莉乃さんや亜弓先生が、どういう治療や看護をしているのかってことまで全部。どうしてそこまでしているのかってことも……」

「えっ？　どうしてってことまで亜弓先生、師長に打ち明けたのですか？」

将太が尋ねても何となくはぐらかされていたことを純佳は訊いているらしい。

「ええ。聞いたわ。凄すぎるくらい絶倫を持て余すキミは、このままでは女性を襲ってしまうかもって、相談に訪れたそうね。病院を頼って来た患者さんに、できるだけのことをするのが医師の務めだからって」

なるほど、将太の絶倫ぶりは、このまま野放しにしておくと、性犯罪に走る恐れがあると取られてもおかしくない。けれど、将太自身から「このままでは女性を襲ってしまうかも……」とは言っていない。

純佳に納得させる方便かもしれないが、将太としては何となく面白くなかった。

「うふふ。将太くんのその顔……。やっぱり、そうなのね。あれは、亜弓先生の嘘。キミを守るためもあるのだろうけど、亜弓先生は本気で将太くんのことが好きなのね。きっと、それは莉乃さんもかな……」

すぐに顔に出る将太に、美熟師長は容易《たやす》く全てを見透かしたらしい。お陰で、亜弓の方便も台無しだ。

「亜弓先生も莉乃さんも、キミのことを愛しているのに、その上で私にも協力してほしいなんて……。よっぽどキミは、ふたりから大切に想われているのね」

さらに吐き出された師長の言葉に、将太は目を丸くした。よりによって、亜弓は純佳にも将太と関係を結ぶように求めたらしい。

「いや。亜弓先生も無茶を言ってます。そんなことを師長が受けるはずがないですよね。協力って俺の射精管理とかですよ？　それを師長にもなんて……」

打ち消しているうちに、ふと、何ゆえにここに純佳がいるのかとの疑問にぶち当たった。

その答えを純佳は、亜弓と莉乃のおせっかいが半分と言った。さらに、もう半分は自分の意思であるとも。

（そもそも、そのおせっかいは、誰が誰に焼いている？　もしかして、亜弓先生と莉乃さんが師長に対して……？　じゃあなぜ、そんなおせっかいを焼く……？）

そこまで考えて、将太は思い当たった。ふたりは、純佳のためにおせっかいを焼いているのかもしれないと。そして、純佳自身の意思も、その提案を受け入れようと傾いているからこそ、いまここにいるのではないかと。

つまり、この美人看護師長は、将太に抱かれるつもりなのかもしれない。そして、それが純佳のためにもなると、亜弓は考えているのかもしれないのだ。

（そう言えば、亜弓先生の時には、莉乃さんが……）

将太にとってどこまでも都合のいい推測だが筋は通っている。そして、それが正鵠《せいこく》を射《い》ていることを、純佳が小顔をこくりと小さく縦に振って明かしてくれた。

4

「本当はね。いまの今まで迷っていたのだけれど……。そのキミの節操のないエッチな視線や下半身にすっかりほだされたわ」

ドキリとするほどの艶冶《えんや》な笑みと視線が真っ直ぐにこちらに向けられた。

「私みたいな年増のおばさんを、そう言う目で見るキミのような若い男の子は、貴重だしね」

「えっ？」

隠されていた熟れ牝の素顔をあからさまに晒す純佳に、将太はドギマギするばかり。

「年増だなんて、そんな。浅野師長は、とてもおばさんになんか見えないし、第一、物凄く綺麗で……」

「本当に将太くんって素直なのね。お世辞じゃなく本音で言っているのが、そのエッチな眼で判るわよ……。ほら、いまも私の胸を見ている」

純佳の切れ長の瞳が見る見るうちに潤んでいくのも、将太を落ち着かなくさせる。

「お、俺の視線って、そんなに節操がないですか……？」

「あら、自分では隠してるつもりなのね。でも、キミの視線は痛いほど感じちゃうわ」

「で、でも浅野師長くらい美人だったら、男の視線をいつも釘付けにするのではありませんか？　その大きなバストとかにも……」

思い切って将太は、魅力的な胸元のことまで口にしてみる。

たわわに実った二つのふくらみが、スレンダーな女体をアンバランスに飾り立てているのだから、そこに視線が吸い込まれるのは当然のことだろう。

「うーん。確かに、バストに視線を感じることは多いわよ。でも、それは私くらいの年齢になると、おじ様とかおじい様ばかりで、キミのような若い男の子は稀《まれ》なの。だから、たとえそれが無遠慮な視線であってもうれしいかな。まだ私にも若い男の子を引き付ける魅力があるんだって思えるもの」

言いながら純佳が、スッとその長い脚を組んでみせる。

ナース服の裾から、網タイツに飾られたムッチリとした美脚がちらりと覗く。

「ほら、その視線。その視線に灼《や》かれると承認欲求が満たされるの」

無意識なのか、意識的なのか、何気ない仕草の一つ一つ、指先や毛先の一本一本から濃艶な牝フェロモンが昇り立つようだ。

（あぁ。色っぽいにもほどがある。AVの女優だって裸足で逃げ出しそうだ……!!）

将太は、莉乃のことをグラビアアイドルのようだと感じ、亜弓はファッションモデルのようと感じている。

それぞれに魅力と色気を感じていたが、純佳は女優のようだと感じる。それも映画やテレビの女優とは違いAV女優のように感じるのだ。

それを口にすると叱られるかもしれないが、将太にはAV女優に並々ならぬ思い入れがある。それは感謝であり、愛情であり、ファン心理でもあるようだ。

つい先日まで、童貞のもてない君だった将太にとって、惜しげもなくその美しい裸身を晒し、官能的なイキ貌まで見せてくれる彼女たちは、たとえ虚像であったとしても、まさしく裸の女神そのものだ。

絶倫を持て余し、どうしようもなく一人苦しんでいた将太を癒してくれたのは、彼女たちの艶技であり、どれほどお世話になったことか。

なぜ純佳をAV女優のように感じるのかは判らない。けれど、将太にとっての女神が、目の前に降臨していることは間違いない。

「だって、浅野師長ヤバいです。俺、我慢できなくなってしまいそうです」

「我慢しなくてもいいわ。その代わり、私のことを満足させてくれる？　私もきちんとキミの射精管理をしてあげるから」

積極的な美熟師長の提案に、半ば夢うつつのような状態で、ごくりと生唾を呑み込んだ。さらに妖艶なオーラを全開にさせ、純佳が見つめてくるからだ。

「で、でも、俺、ヤバいですよ。師長のような美人に一たび発情したら、際限なく求めてしまいますよ」

そんな獣じみた将太の求愛にも、純佳の美牝フェロモンの発散は止まらない。それどころか、一たび美熟女が貞淑な仮面をかなぐり捨てると、怜悧な美貌が朱に冴えて、今すぐに震い付きたくなるほどの美しさを見せつけるのだ。

「際限なくても構わないわ。ご無沙汰している熟女の性欲だって凄いのだから」

その言葉で、何故に純佳がこれほどまでに妖艶に映るのか判った気がした。

(欲求不満とも違う……。独り寝の寂《さび》しさってやつかも。亜弓先生と莉乃さんのおせっかいって、それを俺が満たしてくれるはずって思っているってことか……)

完全無欠と思える美貌に、寂しさという憂いが加わり、それがために純佳の色っぽさが冴えるのだと気づいた。承認欲求とは、寂しさの裏返しに他ならない。

(俺に師長の渇きを満たしてあげられるのか……？　本当に、その力があればいいのに……）

切実にそう願いながら、目前の女性を心から想う。

早鐘のような心臓のドキドキが、師長の耳に届いてしまいそうで怖かった。

「もう将太くんったらそんな目で……。なんだか視線だけで脱がされたような気分だわ」

言いながら純佳が細身《ほそみ》を捩《よじ》った。ひと際《きわ》目を引く豊かな胸元がふるんと揺れる。

白衣の下に隠されたスレンダーながらも肉感的な女体を透視できた気がした。

「か、管理、お願いします。師長にしてもらえるのなら是非っ！」

純佳の言う通り、もしかすると自分の眼には特殊能力があるのかもしれないと本気で思いはじめている。そうでもなければ、清楚な看護師長が、その気になってくれる理由が判らない。

「ああ、本当にいやらしい視線……。私にどうして欲しいの？　まずは、お口で味見してしまおうかしら」

伸びてきた細く長い指が、のの字を描くようにズボンの上をのたくると、微かな刺激にもかかわらず下腹部に血が集まるのを感じる。

急激に頭の中が真っ白になった将太は、昂ぶる感情に身を任せた。

「師長……！」

椅子から腰を浮かせ、目の前のスレンダーな女体をギュッと抱きしめ、その唇を求めた。

「むふん……んん、うん……。むふぅ……」

ぽってりした唇を幾度も舐め取っては、ぶちゅりと同じ器官を押し付ける。

そのふっくらぷるんの感触にうっとりしながら、純佳の背筋をまさぐった。

「はぅっ。んふぅぅぅン」

やや高めの愛らしい喘ぎは、将太の欲情をいやが上にも高める。

指先に伝わる肌のぬくもりを愛《め》でるように、将太は純佳の二の腕を撫でた。

「あんっ……んふぅ……はむっ……うふぅぅ」

口づけしたまま純佳が女体をくねらせ、色っぽい声をもらす。最接近しているため表情は判らないが、眉間に官能の皺を寄せている。

間違いなく彼女は発情している。その思いが、将太をさらに大胆にさせた。

二の腕から肩へ、そして首筋へと指を滑らせる。指が肌を這うたび、美熟師長は身体をぴくぴくと引きつらせ、可憐な喘ぎをもらす。感じやすい質《たち》なのだろう。小高くなった頬が、さらに上気して薄紅色に染まった。

「師長……」

純佳の手指も将太の背筋を彷徨うからより情感が高まる。

「ねえ、師長なんて呼ばないで。純佳と呼んで……。それと敬語も禁止。ね？」

色っぽく念を押され、将太は首を縦に振った。

そもそも将太は病院関係者ではないのだから、純佳を師長と呼ぶ謂《いわ》れもない。亜弓や莉乃がそう呼ぶのが移っただけだ。だから、名前で呼ぶのも抵抗はない。否、むしろ、そう呼ばせてもらえるのは嬉しい限りだ。

「す、純佳……」

ひと回り以上も年上であるからこそ、あえて呼び捨てにした。それが歓ばれることを亜弓との関係で学んでいる。

「ああ、将太くん。うれしい！」

一度離れた唇があえかに開いたまま、嬉々として押し付けられる。将太も唇を開き、その隙間に太い舌をねじ込んだ。

微熱を帯びた口腔をたっぷりと舐《ねぶ》ってから薄い舌を絡め取る。

腰を突きだし、下腹部の強張りを彼女の太ももに押し付けた。

「ぐふう……純佳！　ああ、純佳ぁっ！」

ナース服に食い込ませた将太の足が、ふっくらした太ももにやわらかく挟まれる感触。痛いほどに強張った肉塊が、ムッチリしたもも肉に埋まり込むほどやわらかだ。

「もうこんなに堅くしているのね……。ねえ、どこでしたい？　ここの診察台でしちゃう？　それともベッドにする……？」

期待以上に奔放な素顔を晒してくれる純佳を、将太は軽々とお姫様抱っこした。

「きゃあ！」

短い悲鳴が、昂る将太には心地よい。

人としての成熟度合いも、その他の経験値も全て純佳の方が上であると判っている。

それだけにせめて、男らしくありたいと思った。

5

小さな悲鳴をあげながら、首筋に腕を巻き付ける純佳。将太の頬に、豊満な乳房がむぎゅりと押し付けられている。

細身の割に肉感的なカラダなのだと、抱き上げて改めて実感している。けれど、不思議なくらい、その体重は軽い。まるで雲を抱いているような感覚で、二階のフロアに上がり、そのまま純佳を入院用のベッドの上にそっと降ろした。

むろん、入院患者は誰もいない。十床ほどのベッドも、シーツが敷かれているのは、これだけだ。

シングルサイズのベッドの上で、所在無げに脚を折って腰掛ける純佳の姿は、美しくもどこか儚く、将太の男心をいたくくすぐる。

(どんなに澄ましていても、大人のふりをしても、やはり純佳もおんななんだ!)

ふつふつとわき起こる激情に将太は、自らの服を脱ぎ捨てていく。

まだ夏と呼ぶには、あまりに早い時期だが、裸になっても肌寒さは感じない。それどころか興奮に体全体が火照り、薄《う》っすらと汗さえ滲ませている。

将太の姿をうっとりと見つめながら、純佳も自らのナース服のボタンを上から順に外しはじめた。

(ああ、この病院のおんなたちは、こんなに脱ぎっぷりがいい……!)

その肉体は、いわゆるスリムボインでクビレもしっかりと完璧なスタイルをしている。しかも適度な脂肪がついているため、ただ美しいだけでなく、やはりエロい。それも、上にドがつくほどのエロスを感じる。

特に将太の眼を引き寄せるのは、ド迫力に前に突きだす推定Fカップの豊満な乳房で、黒のハーフカップから今にも零れ落ちそうだ。

左右に大きく張り出した安産型の腰つきも、やはり男好きのする熟女のそれだ。ムッチリとした太ももを飾る網タイツが、ガーターベルトに吊られて悩ましい。

「網タイツに包まれた純佳の脚。物凄くセクシーだね」

「こういうのが将太くんのお好みと、亜弓先生に教えられて……」

若い娘のように恥じらう美熟女は、ひどくカワイイ。しかも、それら女体を形作る白肌の透明度と言ったらどうだろう。山奥の湖の如く、静寂と気品に満ちた佇まいなのだ。

「ああ、将太くん……」

屹立した肉塊がぶるんとパンツから飛び出すと、看護師長の熱いため息が漏れた。

「話には聞いていたけれど、本当に大きいのね。仕事柄、様々なペニスを目にしてきたの。でも、こんなに大きなペニスとは、滅多に出会うものではないわ。しかも、これが私の膣中《なか》に挿入されるなんて……」

相変わらず己の分身ながらグロテスクささえ感じさせるイチモツは、生臭くも独特の牡臭を漂わせている。

「ご、ごめんなさい。少し匂いますよね……」

「まだ新陳代謝が激しい年頃なのだから多少の匂いは当然でしょう？　大丈夫。患者さんで臭いのは慣れているから……。それに私、将太くんの匂い、嫌いじゃないみたい」

「純佳は、ビックリするくらい良い匂いだね……。それにやっぱり綺麗だ。上品で神々しくて。ああ、だけど、ものすごくエロいっ！」

純佳が発する甘い体臭にも、亜弓や莉乃同様、微かに消毒薬の匂いが入り混じっている。三者三様の匂いながら、共通して清潔感があるのはそのせいだろう。

「触ってもいいよね。ああ、なんか物凄く贅沢《ぜいたく》っ！」

艶光りさえしているその細い肩に正面から手を伸ばし、やおら将太は撫で回した。素肌に触れた途端、ぴくんと震える純佳だったが、切れ長の眼をそっと閉じ、将太の好きにさせてくれる。

「凄い！　指先が滑る……。しかも、触っている俺の指が溶けてしまいそう！」

息さえ忘れ、細い肩から二の腕、ボディの側面といたるところに触れていく。弾力があり、もちっと吸い付くような素晴らしい肌の質感に舌を巻きながら、なおもその感触を愉しんだ。

「白衣でこんな美肌を隠しているなんて、もったいなさすぎる！」

その肌を味わうのに手指だけでは飽き足らず、ついには体を前のめりに折りながら唇を吸い付け、舌先でもなぞっていく。

「はんっ！　ふああ、あぁ……。うふん、どうしてかしら、将太くんに触られると、いつもより敏感になる……。ああ、うそっ。純佳、容易く乱れてしまいそう……」

やわらかい声質が、悩ましくハスキーに掠れていく。

「たっぷりと乱れて。純佳をいっぱいイカせたいから！」

「それよりも先に、将太くんを抜いてあげなくちゃ。いっぱい射精するのでしょう？　ザーメンでパックができそうなくらい凄いって……」

将太の手から逃れる代わりとばかりにチュッと唇を掠めながら、白魚《しらうお》のような手指が下腹部に伸びてくる。

「ほぐううっ！　純佳ぁっ。俺のち×ぽを握ってもらえるなんて思いもしなかったよぉ！」

敬語にならないよう意識する一方、興奮と感激のあまり、言葉使いが少しおかしい。けれど、そんなことも気づかぬほど互いの感情はボルテージをあげている。

「もう、いやな将太くん。これくらいでいちいち感激しないで。亜弓先生にフェラチオまでさせていた癖に！」

わずかな悋気《りんき》を匂わせながら、美熟師長が手指に力を込めて締め付けた。

「ぐふうぅぅ、ち、ち×ぽが純佳に可愛がられてるっ！」

「本当に久しぶりなの。こんな風に男性器に直接触れるのは……。ご奉仕するのも久しぶりだから、気持ちよくなれるよう、どうして欲しいか遠慮なく言ってね」

トロトロの先走り汁でぬらついた右手が、なおも肉軸をやわらかく握る。

「うおっ……おおぉうっ」

様子を見るように徐々に力が込められ、ついにはぎゅっと握られて、またしても、とぷっ、とぷっと射精のような多量のカウパー汁を漏らしてしまう。

純佳はさらに左手を亀頭に被せてきた。

やさしく亀頭を撫でられながら、右手で肉茎をしごかれる。

「ぐふううっ！　ああ、なんてやわらかな手……。純佳のおま×こも、こんなにふっくらしているの？」

「うふふ。それは後のお楽しみ……。大丈夫よ、ちゃんと味わわせてあげるから」

淫靡なセリフに将太は、肉塊をさらに硬くさせた。

「ああん。それにしても凄いわぁ。こんなにいっぱいのカウパー液。掌がヌルヌルしてる」

　そのヌル付きを利用してやわらかな掌が、スライドをはじめる。亀頭部を半ば覆う肉皮をずるんと剝き取るように、そのまま付け根の方まで扱かれると、反転して肉幹に沿って戻っていく。刹那に、ざわわわっと快い性電流が脳髄にまで駆け抜けた。

「お、俺、ぐふぅぅ……純佳とこういう関係になれて光栄だ……。おうぅぅっ……本当なら俺なんかの相手を……。純佳ほどの美人なら、俺よりも数段格上の大人の男が言い寄って……おおぉぉっ！」

　将太が口を開く間も、艶媚女の指が淫らに肉柱をしごいていく。その手練手管は、亜弓や莉乃よりも格段に上で、将太などいとも容易く翻弄される。

「あら、将太くんは魅力的よ。男前のペニスも魅力だけど……。将太くんには、器の大きさを感じるの……。未完の大器って感じ。この人の器を私が磨いて本物にしたいと思わせるの。将太くんを、私の柔肌で磨いてあげたいって……」

　思いがけない純佳からの人物評が、肉幹にまで沁みる。

　先走りで濡らした手筒が、ちゅくちゅくとしごいていく。

「でも、こんなに大きなペニス、呑み込めるかしら……？」

　さらに数回、手筒を上下させた純佳は、そうつぶやくとベッドの端に腰を残したまま、女体を深く折り曲げて肉柱の先端部分に口づけしてきた。

チュッと、躊躇いがちに朱唇が穂先に触れた。

それも切っ先にわずかにキスされた程度。それなのに射精にも似た震えが、背筋に走った。将太は焦《あせ》って自らの股間を見つめる。

(ち、ちょっと。これ、射精《で》ちゃってないよな……?)

それほどまでに妖しい感触だった。

色っぽい切れ長の目が、上目遣いにチラリとこちらを捉えた。

「とっても野性味のある臭いね……」

肉棹に生舌が伸びてくる。亀頭表面をこそげ取るように、生温かい女舌が這う。

一瞬にして、鋭くも甘い愉悦に包まれていた。

「ふあぁ……はあ。こんなに肉傘を開いてしまって……ぢゅるるっ」

股間に食いつくように純佳は、懸命に肉棒をしゃぶってくれる。

けれど、さすがの美熟女でも亀頭冠までを含むのが精いっぱいで、全てを呑み込むのは難しいようだ。

「ああん……全部、呑み込んであげたいのにッ……これじゃあ、辛いわよね……ぶちゅるるッ……。そうだわ! ちょっと待ってね。いま楽にしてあげるから」

何事かを思いついた純佳は、女体を起こし肉棒から離れると、背筋を反らすようにして両腕を背後に回した。

「うふふ。将太くんって、おっぱい好きでしょう……？　ずっと私のおっぱいも気にしているものね」

まるでふくらみを誇るように、やわらかそうなフォルムが強調されている。

ただでさえ人目を惹く美貌の上に、これほどたわわな乳房を実らせているのだから、男たちの視線がそこに張り付くのも当然だろう。テキパキと彼女が仕事をこなす動きとともに、悩ましく上下する胸元は、殺人的ですらあるのだ。

「おっぱい好きは認めるけど、でも、純佳のおっぱいは大きいばかりじゃなく……とっても綺麗だし、エロさも凄いから、つい……」

確かに巨乳に対する男のニーズは大きい。グラビアなどでも巨乳を誇るタレントをよく目にする。大きさだけで言えば、純佳より大きなアイドルもざらにいるだろう。けれど、どんな乳房よりも、目の前の純佳のバストの方が将太には魅力的であり、官能的にも感じられる。

「もう。そんなにエロい言うな！　でも、うふふ。将太くんの素直さは認めましょう。おっぱいばかりジロジロ見られるのは気持ち悪いけど。褒められると、やっぱり悪い気はしないかな……」

慣れた手つきで純佳は背筋にあるブラのホックを摘まむと、きゅっと内側に寄せるようにした。

カチッと金属性の擦過音《さっかおん》が弾けたかと思うと、美熟女の背筋に伸びていたバックベルトが左右に離れた。

途端にずれ落ちようとするブラカップを、片腕をぱっと正面に戻し受け止める。

「うふふ。将太くんの眼、獣みたい。視線が痛いけど、ちょっぴり気持ちいいかも……。まあ、出し惜しみするほどのモノでもないから見せてあげるね！」

コケティッシュに笑いながら純佳がもう一方の手で、その薄い肩からブラのストラップを横滑りに移動させ、自らの肘の裏側に軽くかける。

絹肌を覆う上質な布地が一段とズレ、大きなふくらみの側面が少しずつ露出した。

全てが露わとなるギリギリのところで、バストトップにブラカップが引っ掛かる。

「す、純佳……」

目を血走らせ凝視する将太に、純佳はうれしそうに頬を緩ませた。またしても承認欲求が満たされたのだろう。

胸元を抑える手が、バストトップの上のブラカップをゆっくりと外した。

「う……わぁ……。こ、これが純佳の生おっぱい……。き、きれいだぁ……！」

想像を遥かに超える美しさの双乳が、惜しげもなくその全容を晒したのだ。細く華奢な女体に、そこだけが純白に盛り上がっている。白衣の胸元をパンパンに張り詰めさせていた正体がこれだ。

ひどく容《かたち》がよく、歪みひとつないティアドロップが、何とも言えぬ気品と儚さを感じさせる。

それは透明度の高い白さと、驚くほど可憐な乳首の存在も手伝っている。黄色味を帯びた薄茶色の小さな乳輪と白皙とのコントラストが酷く扇情的だ。

「本当言うとね、私も昔、このおっぱいにコンプレックスを持っていたの。大きすぎるし、乳首もピンクじゃないし……。でも、今は、こんなに注目を集めるおっぱいが密かな自慢でもあるのよ」

「その気持ち、よく判る。でかすぎる悩みってあるよね。俺もこの巨チンにずっと悩まされてきたから。でも、いまは……」

純佳同様、将太も密かに巨チンを自慢に思いはじめている。強力な武器であると自覚してからはなおさらだ。それもこれも莉乃や亜弓、そして目の前の純佳が誉めそやすお陰だろう。

「そうね。大きいと、こんな使い道もあるしね……」

言いながら、その場に跪く純佳。自らの胸元を将太の巨根に近づけてくる。

「えっ？　あっ！　うあああぁぁっ」

深い谷間に導かれた肉棹が、すっぽりと乳肌に包まれる。そのまま膝立ちしては、女体をくねらせ、将太の分身にやわらかな物体を擦り付けるのだ。

「おわわわっ。す、純佳ぁ〜っ！」

どぴゅッと先走る汁が乳肌を濡らし、ふくらみのスライドを滑らかにする。

野太い亀頭部が、乳房の谷間からひょっこり顔を覗かせては隠れ、エラ首が微妙に擦れる。裏筋が存分に刺激されるのも気色がいい。

「ああん。すごいわ。これ……。わたしのおっぱいの間で、逞しくびくんびくんって嘶《いなな》くの……。亜弓先生や莉乃さんにいっぱい射精《だ》させてもらっているのでしょう？　なのに、こんなに元気なのね……」

可愛い悋気交じりに、ほかの二人に負けないとばかりに、純佳の淫らなパイ擦りが熱を帯びる。

自らの肉房の外側に両手を添え、包んだ肉茎を圧迫するように締め付けてくる。かと思うと、しなやかに上体を揺すり、たふんたふんと乳肌を波打たせ擦りつける。

「うわあっはぁ……。ああ、いいっ！　それ超気持ちいいっ。滑らかなおっぱいに擦れるのが、こんなにいいなんて！」

蕩ける乳肌に性感を煽られながら、上目遣いにこちらを見つめる美形に見惚れる。男冥利《みょうり》に尽きる奉仕に、将太は必死で歴代総理の顔を思い浮かべる。けれど、押し寄せる怒涛の射精感から気を逸らすのは不可能だった。

「ああ、すごいよ。純佳のパイ擦り……。ぐわあああぁ、ダメだ。射精《で》ちゃいそう。まずいよ純佳。このままでは純佳の顔に……！」

「うふふ。本当に、私のおっぱいが好きみたいね。いいわよ。将太くん。このまま射精《だ》して！　ザーメンパックしてくれるのでしょう？　おっぱいにでもいいわよ」

将太に許しを与えながら美熟師長は、乳房の狭間からひょこひょこと顔を覗かせる亀頭部に、その口唇を被せてくる。

しっとりとした乳肌でなおも二度三度と肉棹をしごいてから、ルージュの煌めく朱唇で筒先を吸いつけるのだ。

すでに将太の我慢汁でヌルヌルになった胸の谷間が、またしてもムギュッと圧迫してくる。ごつごつした肉幹に擦れた乳首が、しこり切っているのが感じられる。

「ああ、射精《で》ちゃうよ。射精《で》る！　コチコチ乳首に擦れて、射精《で》ちゃうぅ～～っ！」

舌先が鈴口に突き刺され、尿道内粘膜までもがフェラチオを受ける。

強烈な口淫戯に肉茎は唾液の泡まみれとなり、射精衝動の暴発が兆《きざ》す。

「イッて、純佳の淫らな貌に、射精《だ》して！」

将太の終焉《しゅうえん》を察知し、約束通り顔に浴びようと、含んでいた勃起が吐き出されても乳房のストロークは止まらない。

涎まみれになった亀頭部を掌に撫でまわされるのもたまらなかった。

「ぐはあ、純佳、で、射精《で》るよ。イクっ！　純佳のエロ貌《がお》に射精《で》るっ！」

熱心なパイ擦りに、ついに将太は限界を迎えた。

陰茎の根元がぶくっと膨らみ、勢いよく流れ込んだ精液に尿道が拡がる。

「射精《で》る！　ぐはああああああぁ、おおぉおぉおっ！」

「きゃっ……ん、あぁっ！」

まるで乳房が噴火したかのように、肉房の谷間からぶびゅっと白濁液が吹き出し、美しい貌を直撃した。

まっすぐな鼻梁に第一弾を叩き付けると、第二弾は、口角が持ち上がり気味のふっくら口唇に。三弾、四弾と迸りを立て続けに浴びせ、美人師長の貌を精液まみれにしていく。

「ああ、凄いっ！　これが将太くんの射精……。ザーメンでパックって、全然大げさじゃないのね……」

噎《む》せかえる臭いを放つ牡汁が、ゼラチンと見紛う粘性を帯び、純佳の美顔をジェルのようにべっとりと覆う。

「すごく、いっぱい。まだ射精《で》るの……。莉乃さんと亜弓先生が言っていた通りなのね。ああ、まだこんな……射精が終わっても、まだ、大きなまま……。それにしても、濃い……。こんなの中出しされたら、赤ちゃんができちゃうかも」

貌中を淫らにべとつかせながら、うっとりとしている。若牡の精力に圧倒されながらも、この肉棒を自らの膣中に収めることを想像しているのかもしれない。

全てを打ち尽くしたころには、たらーっと流れ落ちる精液で、美貌はおろか、きめ細かな肌に包まれたデコルテラインや蠱惑的な乳房までネトネトになっていた。

「はぁ、はぁ……。俺のザーメンでテカテカにメイクされた純佳、最高にエロい！」

美人師長を自らの精液まみれに穢《よご》した悦びが、ゾクゾクと背筋を走る。

しかも純佳は率先して、純ピンクの舌で自らの口の周りを舐め取っている。微塵も嫌がるそぶりを見せず、むしろ美味しそうに口へと運んでいた。

6

「将太くんのミルク、どうしてこんなに美味しいの？　なんだか胃のあたりが熱くなってる。まるで強い媚薬みたい……」

体内に入った若牡の獣汁が、熟女の発情を促すらしい。

バツイチになってどれくらい経つのか判らないが、おんなの悦びを長らく封じていたのは確からしい。

久しぶりに味わった牡フェロモンに、抑圧されていた肉体が、蜜壺を犯される予兆にわなないているのだ。

「本当に、すごいわっ。カラダが火照っている……」

言いながら純佳は、吐精したばかりの鈴口をまたしても舌先で舐めてくれる。

飛沫《しぶき》の全てを口に含み、棹先を綺麗にしてくれるのだ。

その様子は、さしずめドMの熟雌豹といったところか。

将太にしてみれば、精神面でも人間力でも純佳の方が、ずっと上と自覚している。

だからこそそんな彼女に、牡柱を舐めてもらう悦びはひとしおなのだ。

「ぐふううぅっ。純佳ぁっ！」

いかにも愛情たっぷりに、切っ先ばかりではなく肉幹の至る所、さらには全てを出し尽くしたはずの陰嚢まで綺麗にしてくれる。

「純佳。俺の精子そんなに美味しいの？　すごくエロい眼をしているよ。トロンと潤ませて……。興奮しているのだよね」

「もう、将太くんの意地悪……。この匂いよ。この精液の匂いを嗅いでいると、子宮にも浴びたくなるの。あぁ、おっぱいも疼いているわ。将太くんが、おっぱいばかり酷使させるから……」

蠱惑的なエロボディを切なげにくねらせ、純佳は触れなば落ちんばかりに発情を示している。

「将太くん、元気なおち×ぽ、純佳のヴァギナに咥えさせてぇ！」

美貌を酷く紅潮させ、たわわなメロン乳房をユサユサと揺すぶり、ゆっくりとベッドの端に腰を降ろす純佳。自らの蜂腰に手を運び、お尻を振るような仕草でパンツを脱ぎ捨てると、将太を挑発するようにポイとこちらに投げつけた。

腰部のガーターベルトと、美脚に取り残された網タイツが扇情的に下半身を飾っている。

「純佳のおま×こに挿入《い》れたい……。純佳が欲しいっ！」

ハイスペックな女体を追うようにして将太もベッドに上がる。そして、それがあたり前のように仰向けになり、純佳がどうするのかを待ち詫びた。

「あぁ、純佳に上になれってこと？　そうよね。純佳が射精管理をするのだったわね。いいわ。その代わり純佳が先にイッても文句言わないでね」

思いがけない一言を漏らしながら美人師長が将太の太ももを跨ぐ。しかも将太に背中を向けたまま、肉棒の上に腰位置を整えるのだ。

「ええっ。こういうバックもあるの？」

将太の予想の斜め上を行く体位に少し慌てたが、純佳はお構いなしに蜜腰を下ろしはじめる。

「ねえ。純佳のトロトロのヴァギナ、もの欲しそうに涎を垂らしているでしょう……？　おち×ぽ、早く挿入《い》れたいって疼いているの」

爪を短く切りそろえた師長の右手が下腹部に伸びてきて、そっと将太の分身を摑み取り、自らの淫裂に導いていく。けれど、彼女は膣の入り口に亀頭部をあてがうばかりで、それ以上艶腰を落とそうとしない。

「あぁっ……さっきよりも太くなっている……。将太くんの太くて、熱いおち×ぽ。

純佳が経験したどれとも違いすぎて……。久しぶりでこんなに大きなの、受け入れられるかしら……」

張り詰めた肉槍の存在感と発散される熱量に、いざとなると躊躇いが出たようだ。

ならばと、将太は自らぐんと腰を持ち上げて肉棒を送る。

昂奮に理性を焼かれ、真《ま》っ直《す》ぐな突き込みで秘密の帳《とばり》を潜り抜けてしまった。

「あああああああぁぁぁん！　んっ!!　んんんんんん、し、将太くぅん……」

いきり勃つ亀頭部が、ずっぷりと女陰に突き刺さり、一番径の大きい肉えらをくぐらせてしまう。

幸いにも膣孔は愛蜜でしとどに潤っていたため、意外なスムースさで棹《さお》の半ばまで収めることができた。

「あはぁぁぁんんっ！　っく、ふあぁぁぁぁ……」

気が付けば、ひどく甲高《かんだか》く啼いている美熟女に、さすがに逸《はや》り過ぎたかと後悔した。

彩音との一件以来、女性にはやさしくと、あれほど自分に言い聞かせていたにもかかわらず興奮に任せてこの始末だ。

「ご、ごめん。純佳。大丈夫？」

背面騎乗位では、純佳の大きな媚尻に隔てられて、根元まで貫くことはできず、半ばよりも少し先までを挿入したに過ぎない。けれど、極太の強直にいきなり潜り込まれては、いくら成熟したおんなであっても苦悶を禁じ得ないようだ。

「すごいっ、ねえ、これ、すご過ぎるのぉ……あぁっ、将太くん、なんて逞しさなのぉ～～っ！」

悲鳴のような喘ぎを漏らしながらも、純佳は浮かせていた腰をさらに落としてくる。肉厚の媚肉がしこたまに肉棹と擦れながら、奥へ奥へと呑み込んでいくのだ。

同時に、女陰が蠢動をはじめ、肉柱のそこかしこを舐めたり啄んだり、きつく喰い締めたりするのだから、将太も「くーっ」と呻かずにいられない。

懇《ねんご》ろなパイ擦りで果てたばかりだというのに、またぞろ射精感が込み上げる。

極上甘美な媚肉の味わいに、けれど、せめて根元まで挿入するまでは射精を堪えようと、将太は懸命に歯を食いしばった。

「もう少しよ。もう少しで、将太くんのおち×ぽ、全て迎え入れることができるわ。久しぶりなのに、こんなに大きなのが挿入《はい》るのだもの、ちゃんとできたら純佳を褒めてね」

まるで初心《うぶ》な乙女のように呟く純佳。その表情を残念ながら拝むことはできないが、彼女が官能にたゆとうているのは間違いない。

「あぁ、おち×ぽ、本当に凄い……。純佳のカラダ、膣中《なか》から拡げられているっ！」

凄まじい淫悦に、挿入しただけで軽く絶頂するらしい。これだけの熟れ切ったエロボディであれば、それも不思議はないと将太も納得の敏感さだ。

「ぐわあぁ、純佳ぁ……うぅっ！」

おんな盛りの肉洞は熱く火照り、芳醇な愛液で充たされている。しかも、肉塊を挿入すると媚肉が窄まりみっしりと吸い付いてくる。

しかも、いわゆる蛸壺と呼ばれる名器が、将太の巨根を底なし沼に引きずり込もうとするかのようにいやらしく蠢くのだ。

「純佳のエロま×こは、挿入《い》れているだけで気持ちいいよ！　まだ全部挿入《はい》っていないのに！」

「あはぁぁ！　純佳もよ。どうしよう。カラダに力が入らない……。はうぅっ‼　胎内を将太くんのおち×ぽに占領されて、イッちゃいそうっ！」

将太同様の危うい感覚に、純佳の滑らかな両膝がガクガクと揺れている。ついには力尽き、婀娜《あだ》っぽい蜜腰が将太の腰骨の上にズンッと堕《お》ちた。

「あんんんんんんんんっ！」

あまりにもはしたない悲鳴を留めようと、左手の中指を純佳は噛んだ。それでも艶めかしくも扇情的な、くぐもった喘ぎが吹き零れていく。

切っ先にグリッと軟骨のようなものが当たる手応えは、彼女の子宮口まで到達した証しだ。

「ハフーっ。ふ～～っ。と、届いている。純佳の一番奥にまで届いちゃってる……。はおぉ……。な、なんて凄いの。こんなに奥まで貫かれたことないわっ」

純佳は途切れ途切れに息を吐き、膣圧を緩めて、凄まじい挿入感を和らげようとしている。けれど、巨大な異物から湧き上がる官能からは逃れきれないらしく、白い背中を二度三度と悩ましくヒクつかせている。

「はあぁぁぁんっ……。凄いわ。凄すぎて、本当にイッちゃうぅぅ～～っ！」

さらに純佳の声のトーンが甲高く上がる。聞いている将太の耳までが、勃起しそうになった。

恐らく、軽く達しているのだろう。媚肉のヒクつきが半端ない。ムギュッと肉柱を喰い締めては緩み、しゃぶりつけては啄むを繰り返している。

イキ女陰そのものが艶気を含み、将太の分身を味わうかのよう。

ふっくらと肉厚の尻肉が、やわらかくも柔軟にひしゃげ、その分、極太な怒張をすっぽりと付け根まで咥え込んでいる。

「純佳の熟れま×こも凄いよ。奥の方がキュッと窄まってエラ首を咥えて放さない……。ぐはあぁっ、付け根をグイグイ喰い締めるのも超気持ちいいっ！」

キツさで言えば莉乃の方が狭隘で、締め付けで言えば亜弓の方が三段締めの分だけいい具合かもしれない。けれど、純佳の膣孔は、まるであつらえたかのように将太の分身に、ぴっちりと密着して隙間がないのだ。しかも、絶えず軟体動物のように蠢いてはバキュームするから、肉棒のそこかしこから快感を送り込まれているような感じだった。

恐らく、それは純佳には自覚がなく、純粋な肉体の反応であるだけに、より艶めかしくも官能的だ。

「ヤ、ヤバいよ。純佳。もう射精《で》ちゃいそうだ。挿入《い》れたばかりなのにゴメン。でも、気持ちよすぎてダメなんだ」

情けなく弱音を吐く将太に、純佳が女体を捻じ曲げて美貌を向けた。

「大丈夫よ。将太くんの早漏は判っているから……。それに……うふふ……挿入されただけでイッちゃった純佳も、早漏みたいなものでしょう？」

だから、大丈夫と励ましてくれる美熟女は、慈愛に満ちた女神そのものだ。

その貌を見ただけで、将太の脳内で射精が起きた。

「で、でも。このままでは純佳の膣中《なか》に射精《だ》しちゃうよ。早く抜かせて。は、早くぅ！」

射精衝動が暴発する寸前、将太は懸命に上から退《ど》いてくれるよう頼んだ。

「それも大丈夫。亜弓先生からお薬をもらっているから。将太くんの本当の凄さは、射精後の連続ピストンだからって……。淫らな純佳にもそれを味わわせて！」

どうやら院内には、将太の取り扱い説明書が出回っているらしい。ならば遠慮など必要ない。お望みの通りにと、女体ごと腰を突き上げ、肉棒を律動させていく。

「ぐうぉぉぉおおおおおっ！　純佳、射精《で》るよ、射精《で》るぅ！」

抗おうにも抗い切れぬ射精衝動に、肛門がキュンと窄み、鼠蹊部《そけいぶ》をビリビリと痺れさせる。睾丸が強力なポンプとなり、夥しい精液を輸精管に送り出す。

「射精《だ》して、将太くん。純佳のおま×こに熱い液をまき散らしてぇ！」

亀頭冠が肥大するのを察知した純佳が、さらに艶尻を上げ下げさせる。

「純佳ぁ、純佳さぁん……。あぁっ、イクッ！」

ぎゅっとシーツを握りしめ、腰をビクンと突き上げる。

尿道を遡った精液が、一塊となってブビュッと筒先から飛び出した。

「ぐふぅっ。純佳ぁ、俺、ドロドロに溶けるっ！」

頭の中がぐるぐると回るほどの凄まじい快感。視界がピンクに染まり、鼓膜が猛り狂う心臓音に占められる。呼吸をぐっと詰めたまま、二度目、三度目の吐精を続ける。想像を絶する気持ちよさに、脳が痙攣を起こしそうだ。

「あはぁああっ。あ、熱いわ。それに凄い量……。純佳の子宮がいっぱいに満たされちゃう。たくさん出てるのに……ひぅっ……ま、まだ止まらないなんて……」

五回目の射精痙攣が起きてから、ようやく噴精が止まった。

にもかかわらず、まだ将太の肉棒は悠々と純佳の膣中でそそり勃っている。

「聞きしにまさる絶倫ね。二度も射精して、それも物凄い量を出しているのに、まだこんなに硬いままだなんて……。ザーメン、まだ出したりないのね？」

「物凄く、気持ちよかったけれど。足りない。まだまだこんなんじゃ足りないよ！」

更なる欲望を瞳の奥に滾らせながら、荒げた呼吸を整える将太だった。

7

「何度でもできるよ。純佳の極上ま×こなら、何度でも射精できる」

言いながら将太は腹筋の力を利用して、上体を起こした。

背面騎乗位で繋がったまま背後から手を回し、純佳の双の乳房を鷲掴みにする。

Ｆカップ超えの媚巨乳をたっぷりと揉み潰し、その感触を確かめた。

完熟のふくらみは酷くやわらかい。そのくせ、指の力を緩めると心地よく反発するのだ。掌に擦れる乳首がツンと尖り、その敏感さを伝えてくれた。

「あん。おっぱい揉んじゃいやっ……。そこ恥ずかしいくらい敏感なの……あっ、ああん、乳首、摘ままないでぇ」

抗う言葉を口にしながらも、完熟ボディを快感にくねらせている。密着させた背筋の蜜肌が、大理石の如きつるすべで気色いい。

「純佳の肌にくっついているだけで、気持ちいいよ！」

指先で乳頭を扱いてやると、「ダメぇっ！」と訴えながら、細首を反り返らせて将太の肩に頽《くずお》れる。間近にきた、その官能的な赤みを帯びた唇に熱く口づけしながら、なおも乳房をまさぐった。

「むふん……はふぅ、んんっ……んふぅ！」

朱舌を吸いつけ、自らの舌腹を擦りつけては、互いの涎を交換する。

マウス・トゥ・マウスで甘い吐息に将太の肺が満たされると、射精に荒げていた呼吸が整う。精力が漲る肉棒が、律動の再開を求めるように疼いた。

「ねえ。また動かしてもいい？　モヤモヤしてきたんだ……」

正直に訴えると、「待っていたわ」とばかりに、今度は女体が前方に頽《くずお》れていく。そのまま両手をベッドにつき、ゆっくりと蜂腰を持ち上げる純佳。その婀娜っぽい媚尻を追いかけ、将太も腰位置を上げる。そのままベッドに両膝をつくと、後背位が完成した。

「今度は、将太くんが積極的に……。純佳のおま×こをいっぱい突いて！」

肉棒に貫かれたまま美熟女が媚尻を左右に振る。お陰で、肉棒がうねくねる肉襞にしこたま擦れ、鋭い快感が走った。

それを合図に、将太は腰を引いていく。ズルズルズルッと肉柱を引き抜き、亀頭のエラ首までが抜け落ちる寸前、一転して腰を前方に押し付ける。

パンと尻肉を打つ乾いた音が響くほど強烈に打ち付けた。

「ほううぅっ！　あぁ、激しいっ！」

甲高く啼く純佳に、強くし過ぎたかと将太はいささか慌てた。

「あっ！　すみません。強すぎました？」

思わず敬語に戻っていることにも気づいていない。内心では、純佳を年上と敬《うやま》う気持ちを忘れていない証拠だ。

「だ、大丈夫よ。とっても気持ちがよ過ぎるだけ。はしたないわね……。でも、これが欲しかったの。構わないからもっと激しいのちょうだい」

後背位ゆえにどんな顔をして純佳が言っているのかは判らない。もしかすると、表情を見られないからこそ素直に本音を口にできるのかもしれない。

よがり貌、イキ崩れる貌を好いた男に見られたくないと、後背位を好む女性は多いらしい。あるいは純佳も、そうなのかもしれない。

（恥じらう純佳さんのエロいイキ貌。想像しただけで昂るぅ……！）

妄想に興奮を高めた将太は、また腰を退かせては、強く突き込む。

「ンああっ、すごく強い。さすがね」

グイッと一気に貫いては、性器を密着させ陰毛同志を絡めあう。

己を奥深く突き刺したまま、再び将太は動きを止めた。性急にするとまたすぐに射精衝動が込み上げるから、インターバルを設け、その分純佳の膣内を味わうのだ。

「ああっ、将太くん上手ぅ。おんなを焦《じ》らすことまで知っているのね」

正直、純佳に言われて、そんな効果があるのだと気がついた。

久しぶりに牡の精を子宮で浴びたこともあり、このゆったりした抜き挿しが、抑え切れない色情を女体に膨れ上がらせていくのだろう。同時に、この急かすことのない動きこそが、純佳に安心感を与えているということにも気づいた。

「あぁ。ジワジワきちゃうわ。おま×こから快感が広がるの」

敏感気質の純佳と早漏の将太とは、ある意味相性がばっちりなのかもしれない。

牡刀と牝鞘がぴったりと隙間なくあつらえたように収まるのも、相性のよさだ。いつしか互いに、「もしかすると運命の相手かも……」と思うほどだ。

「純佳を俺のち×ぽ無しではいられないくらいに、虜にしたい！」

「やん。そんな、エッチなこと……。あひぃっ！　は、激しい!!」

女体そのものを引き寄せ、蜜壺に肉棒を叩きつけるような強引なセックス。女性は大切に扱うものと、脳みそに焼き付けていた自戒が、快楽に消え失せていく。それでいて、その強い抜き挿しには、必ず数拍のインターバルを取り、闇雲に連続させることはない。

それ故に将太に射精衝動は起きず、対する純佳の肉体には、溺れるほどの悦楽が響き渡るのだ。

「ああっ、ハア、ハア。カラダが熱い……あぁ。純佳、ケダモノに堕ちちゃうぅっ」

蜜肌を多量の汗にぬめらせ、息遣いも荒くしている。そんな美熟女の反応に、将太は満を持して連続で腰を遣いはじめる。

ズブッ、グチュッ、ズムッと、猥褻な音を響かせ、抽送のリズムを速める。

「あううぅっ。ああ、いいの……。純佳のおま×こが煮え滾っていく……。将太くぅん。おま×こ、切ないくらい気持ちいいっ！」

確かに、純佳の下腹部の奥を中心に、煮え滾るような熱さが、強くなっていくように感じられる。そこをなおも猛り狂う男根で、ぬぷっ、ぬぷっと擦り上げていく。

「イッて。純佳。俺のち×ぽで、イクところを見せて……」

純佳が将太の視線に承認欲求を満たされているように、将太は純佳を絶頂させることで男としての承認欲求を満たされたい。

「ああ、純佳、淫乱みたいね。本当は、そんなおんなじゃないはずなのに」

「うん。判っているよ。でも、純佳のエロいカラダは敏感すぎるから、仕方がないよ……。いまならお尻をぶたれても気持ちよくなるんじゃない？」

サディスティックな言葉を美熟女に浴びせながら、大きく開いた掌でぴしゃりと太ももを打つ。将太が予想した通り、その痛みには快美を伴うらしい。やわらかなもも肉が揺れ、同時に、女陰がむにゅッと肉棒を喰い締めた。

「あんっ。ぶたないでぇ」

甘い悲鳴には、将太への媚《こび》が含まれている。

「ほら、純佳のエロ孔が、きゅっと締まった。最高のおま×こだよね。このはしたない孔のヌルヌルの嵌め心地が堪らないんだ」

「いやん。そんな卑猥な言い方しないで……あっ、んふぅぅんっ」

向こう側で小さく首を振っている純佳。それとは裏腹に、蜜襞が淫らな音を立てて牡柱にすがりつく。

加虐的な悦びに誘われて、将太は、ぐぼッ！　とそれまで以上の勢いで、巨根を抉り込ませた。根元までずっぷりと膣に埋め、ごりごりと腰に回転を加え、媚肉のあちこちを引っ掻き回す。

そしてまた、肉棒をズルズルッと引きずり出しては、力強く押し戻す。

「きゃうん。あぁ、ダメっ。イクっ……。純佳、イクぅっ！」

容赦のない快楽責めに純佳は身を委《ゆだ》ね、アクメの祝福を受け止める。三十五歳の美熟女は悩ましい艶声を爪弾き、巨大な絶頂に達した。

グイッと白い背筋を反り返らせて、女体のあちこちに艶痙攣を起こさせている。

「ああ。純佳、イッたね。俺のち×ぽで、イッたのだね。でも、まだこれからだよ。もっと俺のち×ぽを覚え込ませて、純佳のま×こ、俺だけのモノにするんだ！」

「あぁん。うれしい!!　もう純佳のおま×こは、あなたのおち×ぽ専用です。あなたの精子を好きなだけ注いでください。代わりに、その絶倫ち×ぽで純佳のことを、たっぷりと可愛がってくださいね」

どうやら純佳は、このまま将太のおんなになると決めたらしい。身も心も若牡に捧げる決意が、その口調まで変えさせるようだ。

「ありがとう。純佳……。ああ、純佳は、やさしくて、色っぽくて、最高にいいおんなだね！　その最高のおんなに射精できるのだから俺はしあわせ者だよ‼」

言いながら心まで蕩かせて将太は、なおも腰を律動させる。その逞しい腰遣いに美熟女も艶めかしく応えてくれる。

ずぶりと分身をめり込ませるたび、どぷりと媚蜜を湧き出させては、膣内に注がれた精液と入り混じり、びちゃりとシーツに滴り落ちる。

発情しきった牝フェロモンが、もうもうと立ち込め、牡獣を苛烈《かれつ》に焚《た》きつける。

その間中も、純佳は、奔放にイキまくっている。

「あうぅ。あ、はぁ……」

すでに美熟女は、呼吸さえ上手くできなくなっている。

そのイキ貌が見たくて、将太は女体をひっくり返した。力任せに太ももを持ち上げさせたかと思うと、膝裏に腕をひっかけ、持ち上げるようにして表に返し、そのまま媚尻からベッドに着地させた。

太い肉幹をシャフト代わりに、正常位に移行したのだ。

「あん」

甘い悲鳴を漏らす朱唇を掠め取りながら、腰だけは前後運動を続ける。

「イ……くぅっ！」

将太の口の中、純佳の絶頂する声が破裂する。これまでとは異なる部分を擦られ、またしても敏感女体が昇り詰めたようだ。そのイキま×こを追撃するように、将太はさらに肉棒を律動させる。

その双方の手首を取り、細くしなやかな腕を交差させて、人気AV女優も顔負けの豊満な乳房を寄せ集める。

ビジュアルでも純佳の官能美を愉しみながら積極的に腰遣いを重ねていく。

その腰つきは、最早、自らの快感を追うもので、女体を追い詰めるばかりのモノではない。にもかかわらず美熟女は、牝の濃密な淫香を立ち昇らせながら妖艶にイキ極めるのだ。

よがり崩れる美牝貌は、はしたなく蠱惑的でありながら、酷く上品で美しい。

「純佳。これからはいつもおま×こを濡らしておいてね。俺のち×ぽをいつでも咥えられるようにさ」

「ええ。あなたの絶倫ち×ぽを待ちわびて、いつも純佳は備えておきます。あなたのおち×ぽを慰めるのは、純佳の大事なお勤めです」

「うん。やっぱり純佳はいいおんなだね。そのご褒美に、純佳が泣き出すまで犯してあげるからね」

「あはぁ。想像するだけで、イッてしまいます。うれしい。あぁ、あなた、あなたぁっ。あん、あん、あぁん」

まるで新妻のように「あなた」と将太を呼んでは、イキ乱れる純佳。その女淫を容赦なく貫いては、さらに美熟牝をイキっぱなしに追い込む。

長く尾を引くような呻き声が鼓膜に刺さる。次から次に艶っぽくよがり啼くのだ。

「おううっ。純佳ぁ……純佳ぁっ！」

膣粘膜が、これまで以上に強い力で肉棒を締めつけてくる。ぎゅ、ぎゅ、だった音が今や、むぎゅッ！　ごきゅッ！　と、凄まじい響きを上げて精液を絞り取ろうとするのだ。音が鳴るたびに肉柱を介し、将太の腰の芯に甘過ぎる痺れが疾駆する。

「あんっ、あぁん。うふぅ、カ、カラダが、膣中《なか》から蕩けて、痺れて、どうかなって……。ほうう、おほぉっ！　んっんっんっ、んほおおおおぉっ！」

純佳もまた蜂腰の芯や乳房の奥、胃の底のあたりや喉元にまで、また熱いものがこみ上げるらしい。

その苦悶する表情は、慎ましくも、「これ以上はダメ、もう終わりにして、お願い――」と懇願するかのようにも映る。それでいて、押し寄せる官能の波に溺れ、最早、数えることもできないほど絶頂に昇り詰めている。

「ううっ、もう射精しそう。イクよっ、純佳。……ううむっ！　ぐううぅッ！」

射精発作に襲われながらも、純佳の締めつけを悦ぶ牡獣の咆哮《ほうこう》。その声に応えるように純佳もまたよがり啼きを噴きこぼしている。

「イキます。純佳も一緒に……。あぁ、あなた。純佳、イクぅ～～っ！」

絶頂に蠕動した膣肉がそれまで以上に収縮して将太の陰茎を絞り込む。その快美な締めつけに、将太はドッと放精をはじめる。

二匹の牡牝は、生まれて初めて経験する強烈な絶頂快感を味わった。

尿道が熱く焼けつく中、子宮口に突き立てた鈴口から夥しい牡汁を流し込んで満足感に浸る将太。おんなの芯にまで、熱い精子を浴びて受胎本能を満たされる純佳。

夥しい精液が、たちまち胎内に溢れかえり、逆流しては牡牝が密着した膣口から滴り落ちていった。

ビクンビクンと将太の体が収縮するたび、ヒクヒクと純佳の女陰が妖しく戦慄《わなな》いた。

「ああん。あなたの精液、多すぎて、お薬を飲んでも孕まされてしまいそうです」

艶冶に笑いながら、まるで愛しい人の子を宿したかのように、白いお腹のあたりをさする純佳。女神のような蕩ける表情に、またぞろ将太は分身が疼くのを感じた。

終章

「今夜は将太くんがしたいこと、なんでもさせてあげるわ……。せっかくみんなが集まったのだもの」

日中は夏を思わせる暑さだったが、日も暮れたいまは風もヒンヤリとしている。けれど、この部屋は、たとえ裸になっても快適な温度に保たれている。

（さすがに医者の住むマンションは違う……）

亜弓のこの部屋と自分のアパートとを比べ、その雲泥の差に苦笑いした。

そもそもこんな部屋に住んでいる亜弓が、何ゆえに将太に身を任せているのか。

「一度でいいから四人でエッチがしたい！」

という淫らな将太の希望を叶えようと、亜弓が自室に招いてくれたのだ。

「不束《ふつつか》な私たちを幾久しく、お願いします」

三人の美女たちが、将太の前で三つ指を突いた。

改まった挨拶に、将太も慌てて頭を下げる。

「こちらこそ。頼りのない学生の身ですが、よろしくお願いします」

まるで三人の美女たちが、一度に嫁に来たような心持で、殊勝に応えた。

「うふふ。私たち三人でお嫁入りするみたいね」

嬉しそうに亜弓が、将太が感じたのと同じ思いを口にした。

「そうね。将くんの場合は、不束者というより不埒《ふらち》者って感じですけどぉ」

莉乃が茶化す通り、すっかり将太は彼女たちに不埒な振る舞い三昧《ざんまい》だ。

〝四人で〟が認められたことをいいことに、さらに彼女たちには、女医と看護師のコスプレをお願いした。

つまりは、普段の仕事着なのだが、〝普段〟よりもかなり過激な格好を彼女たちは選んだようだ。

腹部が丸出しの上下がセパレーツになったナース服に身を包む莉乃。どこで見つけてきたのか、背中がメッシュ生地になって大胆に透けている。スカートの丈も驚くほど短く、申し訳程度に太ももの付け根を隠すばかり。しかも、スカートのシフォンプリーツまでもが透け素材で、セクシー極まりない。

「莉乃も純佳も、どこでこんなコスチュームを見つけてきたの？」

対する純佳は、オーソドックスなナース服に見える。とは言うものの、それはコスチュームとして定番というだけで、決して実際の病院で着られるような代物ではない。というのも、そのナース服は、ぴったりと女体にフィットするタイトな作りで、純佳の肉感を余すことなく浮き出させているのだ。しかも、そのスカートの丈は、太ももの半ばほどまでと三十路には、あまりに際どく、ストッキングを吊っているガーターベルトが覗けるほどだ。

「うーん。にしても、亜弓だけ普通過ぎない？」

二人の看護師が申し分ないだけに、亜弓の白衣姿にはクレームがつく。確かに、いつもより丈は短いかも知れないが、それほど代わり映えしないのだ。

「あん。だってぇ。看護師は、ナースキャップを被れば格好がつくけど、女医のコスプレって難しいのです」

確かに、聴診器をぶら下げ、いつになく伊達メガネをかけているものの、女医と呼べるほどの決定的な印象に乏しい。

「医師免許でも見せましょうか？」

珍しくアイスドールが拗《す》ねる姿に、将太は思わず笑いだした。

「それじゃあ本物の証明にしかならないし、セクシーでもないから……。でも、亜弓なりに頑張ってくれたのだから、それだけでうれしいよ」

将太のその言葉に満足したのか、媚女医の頬がポッと赤く華やいだ。

いずれにしても、彼女たちは本物であるだけに、かえってそのコスプレには倒錯したエロチシズムが漂っている。

「ああん。そんなに見ないでください！　白衣の下は、下着をつけていないのです」

白衣の裾を両手で引っ張るようにして、お尻をモジモジさせ亜弓が悲鳴を上げる。

そう言われると、見えそうで見えない太ももギリギリの際どいラインに目が吸い込まれる。

「そ、それで私たちにこの恰好で、何をしてほしいのですか？」

いつもはクールに澄ましている媚女医が、メガネの奥に恥じらいを漂わせる。

整った美貌に羞恥を載せると、息を呑むほどの官能味が、生々しく際立《きわだ》った。

「もちろん、将くんのことだから、いやらしいことをさせるのでしょう？」

扇情的な姿の莉乃が、茶化すように声を挟む。ずっと将太に女体を弄ばれているせいか、女性らしい身体つきに磨きがかかった印象だ。

「でも、みんなでだなんて、こんなふしだらなこと、今回だけですよ」

一番の年長を意識してか、倫理的な意見を出す純佳。それでいて誰よりもその肉感的な女体から、牝フェロモンを発散させている。

アラフォーと呼ばれる領域に足を踏み入れつつある完熟の肉体は、存在そのものが猥褻に想える。むっちりと熟れたカラダのラインを全く隠せていないから、余計にそう感じるのだろう。

(この三人が待っていると判っていて、寄り道なんてしていられるはずがないよ)

ふと将太は、帰り際の出来事を思い出した。

「将太ぁ。久しぶりぃ！」

キャンパスで声をかけてきたのは、彩音だった。

正直、彼女が近づいて来たことに気づいていたが、まさか彼女から声をかけられるとは思ってもみなかった。

「おっ。彩ちゃん。久しぶり……」

相変わらず彩音のことをカワイイとは思う。けれど、振られる前に感じていた眩いほどの魅力を感じない。

キャンパスでは、彩音はかなり人気のある娘《こ》で、正直、何ゆえに将太の交際の申し込みを了承したのかも判らない娘だった。にもかかわらず、以前のようなトキメキはおろか、性的な欲求も湧いてこない。

「ふーん。将太、なんだか男っぽくなった？」

明るく笑う彩音に、何が目的で自分に話しかけてきたのだろうと訝《いぶか》しんだ。

「えっ。そうかなあ？」

曖昧に応え、会話を途切れさせようとしたが、反対に思いがけない誘いが彩音から返って来た。

「ねぇ、もしよければ、これからカラオケでも行かない？　ダメならホテルとか、でもいいよ」

あり得ない誘いを仕掛けてくる元カノに、けれど、将太の食指は動かなかった。リベンジする気持ちさえ湧かない。

「ごめんね。俺、彼女を待たせてるんだ……」

笑いながら詫びを入れる将太に、彩音が顔をしかめた。断られることなど微塵も考えていなかったからこそ出てしまった表情だ。

「何さ。将太のくせに！」

声にこそ出さなかったが、正しく、そう顔に書いてある。

かつてあれほど眩しく思えた彩音の地金《じがね》が見えた気がした。彼女よりも、数段魅力的な大人の女性たちと出会い、おんなを見る目が養われたのだろう。

そして何よりも、彼女たちのお陰で満ち足りているからこそ、誘いに乗ることもなく平然としていられたのだ。

「本物のいいおんなを、たっぷりと目に焼き付けてきたお陰かな」

唐突に口走った将太に、何を言い出したのか判らないといった表情で、三人が首を捻る。

「なんのことかしら？」

「三人には心から感謝しているってことです！」

同時に、心からの愛情を抱いていることも、痛いほど自覚している。

「さあ、今夜は三人から、たっぷりとつゆだくの治療を受けられるのでしょう？　亜弓先生にとっては自宅診療か……」

将太は独り言《ご》ち、中年親父のような笑いを漏らした。

「もう。将太さんったら……。さっぱり判りません」

焦れたように亜弓が、将太の左側ににじり寄る。

「うふふ。三人の美女を前に舞い上がっているのよ」

嬉しそうに莉乃は、将太の右側に身を寄せる。

「ハイになっているようですね」

遅れまいと純佳は、将太の背後に陣取った。

三方から手が伸び、将太の着ているものを剝ぎ取っていく。

殿様気分で将太は、彼女たちに身を任せていればいい。

「どうしたいのって聞いた割に、断わりもなく脱がせちゃうんだね……」

献身的な六本の手が、あっという間に将太を丸裸にした。

「ああ、やっぱり将太さんのおち×ぽ、大きいっ……」

子供を寝かしつけるように、やさしく将太をその場に横たえさせる美女たち。

四つん這いになった莉乃が、右サイドから亀頭を覆う包皮を唇で咥える。左サイドからは、亜弓が同様に咥え、ゆっくりと包皮を剝いていく。

肉棒からあぶれた純佳は、将太の顔面に「えいっ！」と、その媚巨乳を押し付けてくる。

「将太さんの逞しいおち×ぽに、こうしてあげるぅっ！」

甘く鼻にかかった亜弓の艶声。アイスドールの面影など、もうどこにもない。太い肉幹を莉乃と両サイドからサンドイッチにして、生暖かくやわらかな唇でずずっとスライドしていく。

「ぐはぁっ！」

押し寄せる圧倒的な刺激に痺れる将太。二人の手指が皺袋を弄び、根元を絞り上げてくる。

「純佳の乳首を吸わせて！」

ナース服越しの感触も素晴らしいが、やはり生の乳肌には敵わない。息が詰まるほど媚巨乳に埋もれたい思いもあった。

「はい。あなた……。純佳の乳首、思う存分吸ってください」

望み通りとばかりに純佳が自らのナース服の前をはだけていく。想像通り、白衣の下はノーブラで、すぐにGカップの白い乳肌が零れ出る。

躊躇いなく純佳は、大きなふくらみを外側から寄せると、双の乳首をまとめて将太の唇に運んでくれた。

あんぐりと開いた口腔に乳首を含ませた瞬間から、美熟女はビクビクンと肉体を震わせる。

敏感乳首が将太の口の中、ビンビンにしこっていくのが知覚された。その乳頭を舌で嬲りながら、強く吸いつけると女体の蠢きがさらに淫らさを増していく。

「あぁぁっ……。か、感じちゃうっ！　はっつぅ……。あぁ、あなた、純佳はおっぱいだけで気持ちよくなる、淫らなおんなです……っくうう」

あっという間に将太の涎まみれにされた乳首は、まるで黄金色に輝くよう。

将太を誘うかのようで、たまらずその乳頭を再びパクリと咥え込んでは、口腔内を真空にして乳暈ごとバキュームする。

やわらかい乳肉が、うぶぶぶぶっと震えながら乳臭い甘みと共に、口腔いっぱいに拡がった。

「ひあぁっ！」

下方向に伸ばした双方の手は、莉乃と亜弓の下腹部を弄りまわしている。

二人共に、四つん這いのまま、進んで将太の指先に媚尻を運び、女性器を手淫されることを望んだ。

「んっ、んふぅ、んうっ……んんんっ！」

莉乃も亜弓も将太の肉棒を舐めまわしながら、自ら感じる場所に将太の指先を押し当てている。

「むほんっ！　んっ、んんっ、はふぅっ！　あっ、ああん!!」

亜弓の内ももの乳白色の筋肉が、ピーンと硬直した。将太の太い指先が、クリトリスに触れたのだ。それと知覚した若牡も、中指を突き出して、その小さな突起をクリクリと刺激していく。

「ああん。亜弓先生ったら、凄く気持ちよさそう。将くん、莉乃にもお願い。気持ちよくさせて！」

求めに応じようと将太は、ピンと伸ばした中指を女陰の中に埋めていく。距離に阻まれ第二関節までがやっとだが、その分、指先を曲げ伸ばしさせ、莉乃の浅瀬付近をあやしていく。

「はうん！　んふぅ……。そ、そこ気持ちいいっ！　ああ、将くぅん……んふんん」

美人看護師は、安堵するような吐息を漏らしたかと思うと、またすぐに肉柱にしゃぶりついてくる。

裏筋や亀頭エラにぶちゅり、ぶちゅり、と熱烈なキスをくれては、濡れ舌でくすぐってくるのだ。

「ぅふぅ……。ダメだよぉ、みんあぁ……そんなひひはら……俺、ふぐに……」

抗う術もなく射精衝動が将太の中で膨らんでいく。肉柱に吸いつく二枚の舌は、官能の限界を超えさせようと、健気《けなげ》なまでに仕掛けてくるのだから、それも当然だろう。そいつも以上に激しく身を捩り、腰をくね踊らせ、口から絶え間なく嗚咽《おえつ》を漏らす。そのくせ、乳首に吸い付かせた唇は離さない。

「あっ、だめですっ……。あっ、ああっ……そんなに激しく吸わないでください。純佳、乳首でイキそうです」

　官能を甘受するために熟れさせたかのような敏感女体は、本当に乳イキしそうなほど派手な痙攣を繰り返す。

（うわあああっ……。頭のてっぺんから爪先まで、蜜に浸《つ》かっているみたいだ……。何もかもが蕩けていく！）

　三者三様の甘い奉仕に、クラクラと目の前が溶け崩れていく。しかも、三人共に互いを意識し、対抗心を燃やして奉仕してくれるため、こらえようにもこらえきれぬほどの快楽に押し流されてるのだ。

「ぅあ、あああ、もうダメだよっ……。ほううううっ……で、射精《で》ちゃううっ……！」

　情けなくも、悲鳴をあげる将太。やるせない射精衝動が押し寄せている。

「いいのですよ……。射精《だ》してくださいっ……。私たちは、いつでも将太さんの精液を受け止める覚悟ができてますから」

　亜弓の掌がペニスの付け根を強く握りしめ、グチュグチュと上下運動をはじめた。

「あうあああ……あ、あゆみぃっ!!」

　のしかかる乳肌に声を邪魔されながらも、低くうめきながら将太は腰を浮かせた。

　それを待ち受けていたらしい莉乃の朱唇が、ぶちゅっと亀頭に押し当てられ、硬く窄められた舌先が鈴口にめり込んだ。

「うほおおおおおおぉっ！」

玉袋がギュッと凝縮されると、どくりと白濁液が輸精管になだれ込む。熱く燃え滾る股間で発作が起きた。心地よい痛みが将太の股座を痺れさせる。

無意識に突き出した指先が女陰とクリトリスを激しく弄り、口腔内の乳首を甘噛みする。

「ふうぅんんんんんんっっ！」

「きゃううっ！」

「あはぁああああっ」

三者三様の甘い悲鳴が、さらに将太に射精を強制した。

鈴口を覆う莉乃の唇を吹き飛ばす勢いで、ブビュビュッと盛大な噴精が起きた。全身が痙攣を起こす至高の快感に、頭の中が真っ白になる。

精液をたっぷりと吐き出そうとするため、本能的に奥歯を強く嚙んでいる。

「ああっ、ダメっ！　そんなに強く嚙んじゃダメぇっ‼」

ブルブルブルッと媚巨乳が将太の顔の上で艶めかしく震えた。本当に純佳は乳イキしたらしい。

乳肌に滲んだ汗粒が、将太の唇に滴り落ちてくる。塩辛いはずの純佳の汗汁が、母乳のように甘く感じられた。


「今度は、挿入《い》れたい！」

三人の美熟女を侍《はべ》らせ、最高の射精を終えたばかりなのに、相変わらず将太の肉棒は雄々しくそそり立っている。

(この三人を前にして、萎える方がおかしいか……)

すぐにでも将太の肉棒を受け入れられるようにと、熟女たちは思い思いのポーズで将太を待ちわびている。

背後から挿入してとばかりに媚尻を突き出し、悩ましく振る亜弓。同様に雌豹のポーズで待ち受ける莉乃は、自らの股間に手を運び、女核を弄んでいる。いつでも将太と一緒に昇天できるよう備えているのだ。

一番年長の純佳だけが、ラグの敷かれた床に仰向けになって股を広げている。白衣の胸元をはだけ、その美巨乳でも将太を誘うのだ。

「三人とも最高にエロいよ……！」

昂奮覚めやらぬまま将太は、三人の側に近づくと、全員が歓喜の声をあげて、すぐに静かになった。誰が初めに挿入《い》れしてもらえるか、息を詰めて待ち構えるのだ。それと気づいた将太は、誰からにしようかと迷いつつ、女陰の品評会よろしく、その色、つや、容《かたち》を見比べた。

楚々としていながらも熟れたザクロのような純佳の媚肉。肉厚の土手に花びらが恥ずかしげにチロッとはみ出す亜弓の秘部。比較すると、やはり瑞々しく若さを感じる莉乃の女陰。同じヴァギナでも、こうも異なるものかと、女体の神秘に将太の興味は尽きない。

「いやぁん、もうっ！　将くんの視線、熱すぎるぅ……。あっ、あっ、ああっ……莉乃のおま×こ、疼いちゃうよぅっ！」

相変わらず牝核を慰めながら首だけを捻じ曲げ、こちらの様子を探る莉乃。視線がぶつかると同時に、誰よりも大きな瞳に恥じらいが浮かび、その手が止まった。二人でいるときは、お姉さんっぽく振舞う美人看護師も、ふたりの年長者に挟まれると勝手が違うのだろう。

「将太さん……もういいでしょう？　はやくぅ……」

理知的な眼を細め、秋波《しゅうは》を載せて、目元で誘う亜弓。美尻をさらにぐいっと持ち上げ、ビジュアルでも将太を誘っている。

「ねえ。あなた……。純佳にください。おっぱいでイッてしまったせいで、かえっておま×こが切ないのです。お願いですから……」

婀娜っぽい蜜腰を淫らに浮かせ、将太に媚肉を見せつける純佳。妖艶に歪む上品な顔立ちが、最高に蠱惑的だ。

「俺、もうたまりません。本当に挿入《い》れます！」

決めた将太は、細腰に手をあてがい、一気に切っ先を押し出した。

濡れ粘膜がくちゅんと水音を立て、ずぶずぶっと勃起を呑みこんでいく。

「ひっ！」

艶めいた喘ぎを発したのは莉乃だった。自慰に濡れた媚肉が、みっしりと肉棒を喰い締める。ふたりの年長者の見つめる前で、はじめに犯されるおんなに選ばれ、その表情が目まぐるしく変わっていく。

恥じらいと、めくるめく官能と、そして選ばれたおんなの矜持。様々な感情をない交ぜにして、淫らな悦楽へと集約されていくのだ。

亜弓と純佳は、その莉乃の様子に羨望の眼を向けるしかない。

「莉乃さん。莉乃さんが挿入《い》れてもらっているの？」

「あぁ、やっぱり最初は莉乃さんなのね……」

医師と師長に「莉乃さん」と呼ばれるたび、美人看護師の女陰が蠢いた。複雑な感情が、女体をさんざめかせるに違いない。

「すごいです。莉乃さん。おま×こが蠢きまくっていますよ……。ああ、いつもより締め付けも強いかも！」

「いやぁ、言わないで……。莉乃の淫らさを先生たちに知られてしまう……」

根元まで押し込んだ将太は、たまらずに、すぐさま引き抜きに切り替えた。

「いいじゃないですか。莉乃さんがイキまくる姿をみんなにも見せてあげれば……」

「あぁ、イキまくるなんて、そんな……あ、あぁん……」

白い背筋が淫靡に反り返る。辱めの言葉を浴びた女体が、激しく反応したのだ。

「莉乃さん、気持ちよさそう……。ねえ、将太さん、亜弓にも欲しい！」

年若い看護師の女陰を勃起がぢゅぶん、ぢゅちゅんと出入りする様子に、すっかり興奮した媚女医がおねだりをした。

理知的な美貌が、すっかりと牝のそれに変わり、かつて見たこともないほどの淫情を湛えている。

そんな亜弓にほだされ、将太は莉乃から分身を引き抜くと、そのまま女医の背後から覆いかぶさり、その女陰に肉棒を突き立てた。

蕩けていた肉孔は、いとも容易く極太ペニスを呑み込んでいく。

「あ、あぁっ……。挿入《はい》ってくるっ、将太さんが……堅いおち×ぽが、亜弓のおま×こに挿入《はい》ってきます！」

膣粘膜を無理矢理広げられる感覚にも、淫らな肉体は他愛なく悦ぶ。逞しい挿入感に震え、嬌声さえ漏らすのだ。

「はぁ、はぁあ、いいわぁ……。構いませんから、もっと、思いっきり突き入れてください」

亜弓が甘えた口調になるのは、余程の昂ぶりに浸る時だ。

頭の中を真っ白にさせて、将太は容赦なく分身を亜弓の奥底にまで押し込んだ。衝撃にスレンダーな女体が、仰け反ってくる。

肉厚のふっくら媚尻に付け根を受け止められる快感。全身の毛孔がぶわっと開くほどの心地よさだった。

「いいっ。亜弓のま×こも最高だよ！　相変わらず三段で締め付けながら膣中《なか》で襞が蠢くんだ……」

大理石ほども滑らかな尻肉に、腰骨をずりずりと擦りつけながら、膣中を捏ねまわす。

危うい快感が延髄《えんずい》にまで届き、またしてもいつ発射してもおかしくない状況に追い詰められていく。

「ほおおおぉ。い、いいわっ！　ねえ将太さん、おま×こいいの!!」

乞われるまま技巧も何もなく、ただひたすら尻肉めがけてピストンを繰り返す。

「ダメになる。あぁ、亜弓、ダメになっちゃううううぅっ」

切なげに啼き叫びながら媚女医は、自らもぴょこぴょことお尻を上下させ、互いの官能を追っている。

「ああっ、イクっ、イクっ、イクっ。亜弓、いっ、くーっ」

淫らな尻振りを繰り返した亜弓が、突然、白い背中を激しく反り返した。勃起を呑み込んでいた膣道が激しく収縮している。

「うわっ、亜弓のま×こが……！」

いつも以上のものすごい締め付けに、ひとたまりもなかった。

「す、凄い……もうだめだ。射精《で》ちゃうっ!!」

最後のひと突きを加えると同時に、背中に覆い被さるように抱き付き、白衣の上から容《かたち》のいい乳房を思い切り揉みしだく。

「ああっ、亜弓、あゆみぃぃいいいいいい～～っ！」

うなじに鼻を押し当て、香しい熟女医の匂いを嗅ぎながら絶頂を迎える。

「あんっ、すごい。ああっ、感じる……将太さんの熱い精子が、いっぱい亜弓の膣にいっぱい……！」

痺れるような快感に溺れながら将太はこの幸せがいつまでも続くことを祈った。

「おっ、おおん……イクのっ！……まだイク……おっ、おっ……おおぉ～～っ!!」

まるで遠吠えをする牝犬のように、美しくも淫らなオルガスムスに到達する亜弓。

その濃艶な痴態に酔い痴れながら、将太もさらに白濁をまき散らす。

「ねえ、お願いです。今度は純佳に……。ああ、あなた。純佳にもください！」

艶色の射精に呆ける将太に、純佳がいじらしく焦れて見せた。

「はうっ、あ、あぁ、このまま、もっと将太さんの精子を……」

さらなる種付けを求める亜弓を袖にして、将太はちゅぽんと分身を引き抜くと、M字に大きく開脚された純佳の太ももの間に体を進めた。

そのまま男好きのする熟れ女体に覆い被さり、正常位に肉棒を埋めていく。

「ほうぅっ！　つくぅ、ふうぅ……!!」

ずるんと亀頭がめり込むと、お腹に溜め込んだ息を吐くようにして佳純は肉柱を迎え挿《い》入れてくれる。

そのままめり込ませても、すっかり将太の肉棒に馴染んだ肉路は、極太を苦もなく受け入れてくれる。

「おふううっ！　純佳の熟れま×こ、相変わらず気持ちいいッ！」

熟れた濡れ肉にしっぽりと包み込まれる快感。しかも媚肉は、既に軽くイキ極めているせいか、はしたない蠢きで将太の官能を煽り立ててくる。

たまらずに将太は、奥深くにまで埋めた肉棒を半ばまで引きずり出し、今一度奥に埋め戻した。

「ほおおぉっ！」

コツンとした手ごたえを切っ先に感じた。美熟師長の子宮口を叩いたのだ。

「お、奥ぅ……！　あなたのおち×ぽが、純佳の子宮に届いています」

首筋にむしゃぶりついて牝啼きを吹き零す純佳。ぶるんと目前で揺れまくる乳首に誘われ、鷲掴みに揉みしだく。

「弾けそうな純佳のおっぱい、凄いと思わない？　色艶は満点だし、揉み心地も文句なしなんだよ」

莉乃と亜弓に同意を求めると、ふたりの美女が頬を紅潮させて頷いた。

「本当に師長のおっぱいって凄いです。大きいのは知っていたけど、やわらかそうだし、滑らかって感じ……」

莉乃がつぶやくと、亜弓もそれに同調する。

「ホント。羨ましいです。亜弓は、おっぱい大きくないから……。莉乃さんも大きくて綺麗なお胸をしてるけど、師長のおっぱいは、同性の私から見ても美しいわ。美味しそうな母乳がいっぱい搾れそう！」

二人の同性から品評され、羞恥心を煽られたのだろう。同時に、美しいと褒められて承認欲求を満たされたらしい。ヒクンヒクンと男好きのする女体のあちこちを痙攣させ、またしても初期絶頂に昇りつめた。

「ひあああぁっ……またイクぅ……。あぁ、亜弓先生見ないでください。莉乃さんも、はしたなく恥をかいてしまう純佳を見ないでぇ！」

恥じらいの言葉を吹き零しながらも、純佳は自発的に腰を振り、甘い悦びを汲み取っている。

「ぐふうぅ、純佳のいやらしい腰つき気持ちいいよ！　ほら莉乃さんと亜弓先生が羨ましそうに見ているよ」

「だ、だって、気持ちよすぎて、イクの我慢できないのです……。ああ、あなた。ふしだらな純佳を許してください」

全身から牝フェロモンをダダ洩れにさせ、妖艶に腰を振る純佳。自らの愉悦を追う腰つきは、着実に将太も同時に追い詰めていく。

三度目の射精が間近に迫っている。陰嚢が重々しく凝固して、いつでも発射できる態勢が整っている。最高のエクスタシーが来ることを本能が告げていた。

「ああ、あなた。大きいのが来ます。もう耐えられません。あなたの精液を純佳の膣《な》中《か》に出してください。あっ、あはぁ……お願い。出してぇ」

灼熱を帯びた濃厚な子胤汁を存分に子宮に注がれ、法悦に達することを願う純佳。その腰つきは、さらに激しさを増している。

清楚な相貌をした美熟女が、生々しい牝の貪欲な肉欲を露わにさせている。

「うん。判ったよ。じゃあ、純佳のおま×こにも中出ししようね」

純佳の腰つきに合わせ、将太も懸命に腰を振る。乳房を鷲摑みにした掌の掌底で、鴇《とき》色《いろ》に膨らんだ乳首を圧搾してやる。

丸く膨張した突起に凝縮された快美が、おんなを「あぁ」と牝啼きさせる。

男と女の発散する汗により、居間の空気は淫靡な湿り気を増している。

野性味あふれる牡臭と、牝の甘い香りが濃厚に立ち込める。

その淫臭を吸い込んだ莉乃が、我知らず自らの女陰に指先を運んでいる。一人待ちぼうけを食わされて、ゴージャス女体を持て余しているのだ。

「莉乃、少しだけ待っていてね。すぐに莉乃にも中出ししてあげるから」

潤みきった大きな瞳が従順に縦に頷くのを確かめると、将太は絞っていた菊座をついに解放させた。

「おおうッ。す、純佳。射精《で》るよ。射精《で》るううううぅ～～っ！」

将太は指先を乳房に食い込ませながら、凄まじい放精をはじめた。

「あぁっ、純佳もイキますっ。ん、あっ……あはあああぁぁ～～っ」

尿道を遡る夥しい精液に、肉棒が膣中で踊りまくる。濁流となった熱い白濁液は、一気におんなの揺籃に流れ込み、純佳の卵子に殺到した。

子宮一杯にあふれ返った精液は、再び膣内に逆流してくる。けれど将太は、びくんびくんと精嚢を大きく収縮させては、さらに新鮮な子種を撃ち出すため、行き場を失った白濁液がプシュッと膣口から飛び出す始末だ。

「あぁ、莉乃も、いつもこんな風に射精されているのね……。あまりにも卑猥だわ」

圧倒されたように呟く莉乃。けれど、その発情は隠しようがない。

「でも、やっぱり莉乃も将くんの精子が欲しい！」

恥悦まみれの恍惚に、おんなたちは蕩けていく。その言葉に反応した将太は、雄々しく肉棒を引き抜いて、莉乃に見せつけた。

「あんっ……。ようやく莉乃の番ねっ」

射精したばかりの肉棒を莉乃がおねだりしてくれる。それも彼女は再び四つん這いとなり、ぐいっと瓢箪《ひょうたん》のようにずっしりと実ったお尻を将太に突き出し、肉唇を両手でいっぱいにこじ開けて見せるのだ。

「ううん。なんていやらしい眺め。お蔭でほら、ち×ぽが萎える暇もないよ！」

カチコチにそそり勃ったままの分身を、背後から莉乃の秘孔にあてがった。

「あん。将くんの嘘つき。勃ったままなのは、私たちの淫らなおま×このせいばかりじゃないでしょう。将くんはいつだって……あっ、あはあああぁ」

少し腰を押し進めるだけで、くぷぷぷっと合わせ目から蜜液が溢れ出る。エラ首で肉襞をしこたま掻きまわすと、ぞわぞわぞわっと快感が全身に鳥肌を立たせた。

「あうん、す、凄いっ……。いつもより堅いかも……ああん、将くぅ～～んっ！」

ズブンと肉柱を全て呑みこませると、膣肉全体がわなないた。背筋が美しい弧を描き四つん這いだった上体が持ち上がる。膝立ちになった莉乃の乳房を掌に収め、ぐにゅんと軽く揉み潰した。扇情的な朱唇が、パクパクと開け閉めされる。もはや、莉乃は呻きすら漏らせないらしい。

「ううぅっ、莉乃のおま×こも、いつも以上に敏感みたいだね」

渾身の射精を済ませたばかりの肉棒は、酷く敏感になっていて膣肉に埋め込むのが精いっぱいで、律動をくれるのは難しそうだ。にもかかわらず、美人看護師の膣肉は、やわらかに収縮して熱烈に歓迎をしてくれる。

やがて莉乃もまた純佳同様に、自ら女体を揺らし、膣内に埋め込まれた肉棒を味わいはじめる。その淫らな痴態に触発されて、ゆっくりと将太も腰を振る。

「将くん、イキたくなったら、いつでも射精《だ》していいわよ、莉乃の膣中《なか》に……」

すでに将太は興奮の絶頂にあった。尻肉を掴む手が、ぐっしょりと汗で濡れている。莉乃が身悶え、髪を振り乱すたび、香水や汗の匂いが秘所から分泌する愛臭と混ざり合い、なんとも言い難い芳醇《ほうじゅん》な香りを生むからだ。

「ああ……いい匂いだよ、莉乃……」

匂いフェチでなくとも、この妖しい芳香に包まれると、将太は興奮に我を忘れていく。早漏予防に唱えるはずの歴代総理の名が、まるで思い浮かばない。

「あはぁあああ……。将くんの意地悪ぅ。もっと動かしてよぉ。こんなに莉乃を焦らすから、おま×こ切なくなってるの」

莉乃が一刻も待てないと蜂腰を揺すりながら、ムニュッ、ムニュッと肉棹を締め付けてくる。

深い襞の抱擁、無数に生えた肉粒の吸着、そしてローターを埋めこんだかのような蠢き。将太の肉棒が女殺しなら莉乃の女陰もまた男殺しだ。

「相変わらず莉乃のおま×こ感度抜群だね。しかも、ここだけじゃなく、おんなの魅力的な場所は、どこも感じるようにできているよね」

言いながら女体の側面から前方へと手を伸ばし、再び双の乳房を鷲掴む。そして、豊乳がひしゃげるほど揉みしだいた。

「ああっ、乳首が……」

指の隙間から、むにゅッと乳首が顔をのぞかせる。その感触で、ピンクの乳首が、赤く充血してそそり勃っていることを知覚できた。

「ほら、乳首、こんなにいやらしく勃起して。ここを触って欲しくて疼かせていることがバレバレだよ」

「あぁ、そうなの。だから莉乃の淫らなカラダ、いっぱい愛してぇ！」

口や舌で耳をしゃぶり、手や指で乳肌をまさぐり、そして性器には肉棒を突き立て、全てを駆使して美人看護師を味わいつくす。

「動かすよ！」

莉乃の扇情的な牝反応に、将太は本格的な抽送を開始した。それも、いきなりのフルピストンで白い泡塗《あわまみ》れの結合部に剛棒を激しく出入りさせる。

「あひぃぃっ！　す、凄い……ああっ、んっ、奥、当たる、奥、来てるぅ！　はうっ、あうっ、はあああぁん！」

直刃の剛直にガンガン膣奥を衝かれ、子宮口を破かれそうな予感に自己防衛本能が働いたのか、キュンと肉鞘が窄まった。強すぎる愉悦に莉乃は激しく身悶える。

将太も美人ナース同様に、鮮烈な愉悦に包まれた。

立て続けの三度の射精に敏感さを通り越し、無感覚になっていた分身が再び目覚めたのだ。

「ああ、将くん、莉乃にもちょうだい。莉乃のおま×こにも熱い精液を……」

莉乃が兆した時に訊かせてくれるやや掠れた声。己の浅ましさ、淫らさを告白する恥じらいを匂わせながらも、将太にも気持ちよくなってもらいたい一心で声にしてくれるのだ。

「うん。判った。もちろん莉乃にも射精《だ》すよ。だから、ちゃんと莉乃もイキまくるんだよ」

言いながら将太は、さらに加速した突きで莉乃の官能を追い上げる。

「ああっ、まだ、まだ速くなるの？　そんなに奥ばかりいじめられたら、莉乃は、すぐに果ててしまうわ……！」

野性を解き放った淫獣の責めからは、もはや逃げられないと、諦めたかのように莉乃も蜜腰を振り立てる。グイッと媚尻を突き出しては、これ以上は不可能なところまで密着する。

「好きに、して……めちゃくちゃにしてぇ……！」

「ぐうぉっ！　莉乃、莉乃っ！」

美人看護師の濡れた声に昂る将太は、その痩身を背後から抱き竦《すく》める。逞しい男の腕と汗の匂い、全身で受ける重みをおんなは幸せに感じるのだと、教えてくれたのも彼女だった。

「感じて。莉乃、いっぱい感じるんだ！」

昂る将太に応えるように莉乃は抽送に合わせて腰をくねらせ、怒張を受け入れる。

「ああっ、将くん、好き、好きぃ……もっと奥、もっと強くぅっ！」

女壺が蠢き、媚襞が大量のラブジュースを分泌する。浅ましく尖った乳首やクリトリスを掌底に擦りつけるように肢体をくねらせながら、激しく身悶える。

「イク、イク、イク……。あぁっ、イクぅ……莉乃、イキますぅ〜〜ッ!!」

ぎりぎりと床のラグに爪を立て、深く、甘く、淫らな頂《いただき》へと昇り詰める莉乃。その貌には淫らな恍惚を浮かべているに違いない。

その牝貌を脳裏に浮かべ、将太も射精の縛《いまし》めを解放した。

「うぅぉぉおっ。莉乃、俺も射精《イ》くよ。あぁっ射精《で》る！」

括約筋を緩めた途端、睾丸が皺袋の中で蠢き、輸精管に白濁を送り込んだ。

肉傘がさらに膨らむことを知覚した媚肉がきつく締まり、牡汁を搾り出させる。

一気に尿道を遡る胤液が、砲身をぶるっと大きく震わせる。膣壺を埋め尽くした肉塊が爆裂し、熱い精液が子宮へと放たれた。

「おほおおおおぉぉおっ！」

甲高い牝啼きを晒して、再び女体が反り返る。意識が飛ぶほどのカラダ中を灼き尽くすような巨大なエクスタシーに呑まれたのだ。

臀部が激しく痙攣し、失禁したかのような蜜が溢れ出している。将太の若々しい精子とグチャグチャに混ざり合いながら噴水のようにしぶいていく。

「んふぅ……熱いぃ……ふぁっ。や、あっ、んんっ、まだイクのッ。熱い精子に、莉乃のおま×こイキ収まらないぃ～～っ」

その細身を背後から抱き締めながら将太は、二発、三発と余弾を放った。

会心の四度目を放ち終えても、まだ外は明るい。

それからも将太は、純佳、亜弓、莉乃の順で、ハイスペックな極上女陰を鶯《うぐいす》の谷渡りに愉しんだ。

「ああああああっ……はうううううっ。将くんっ、ああ将くぅ～～んっ！」

いやらしくぬめる膣孔に、ずぶんと挿入しては、狂おしく抜き挿《ぬさ》しして射精し、また次の女陰に擦り付けては果てる。そして、また次の女陰に。永遠にループする淫らな性宴に、少しずつ将太の肉棒は、女陰に擦り付ける回数を増やしていく。

「ください……。亜弓にも、もっとください……」

十回ほどの抽送が、二十、三十と増え、五十を超えるようになったところで数えるのをやめた。

なかなか回ってこない順番に焦れ、またしても自らの指で恥肉をいたぶる美熟女たち。性感を高めていた方が射精に合わせて昇天できると、三人が三人とも、媚肉を派手にクチュンクチュン言わせてマン擦りするのだ。

「あなた。今度は純佳の番です……。早く純佳をイキ狂わせてください」

三人とも、淫らなことをしている自覚はあるはずだ。けれど、すっかり官能を開花させた熟牝たちは、媚肉に生じる淫靡な感覚を追いかけずにはいられない。

「くうっぅうっ、はあ、あはん、あぁぁぁ」

ぐんぐん高さを増していく恥悦まみれの恍惚に、おんなたちは堕ちていった。美貌をググッと仰け反らせ、漣《さざなみ》のような電流に四肢をおののかせる。気が遠くなるほどの快感の波に洗われるたび、着実にその潮位を高めていく。

「イクぅ……イッちゃぅぅ！」

若牡の射精にあわせ、婀娜っぽい腰をひらめかせ、よがり狂う。競うように男根を求め、並んで自慰に耽る莉乃、亜弓、純佳。将太は、公平に吐精を繰り返す。

「また射精するよ……純佳の胎内に射精《だ》すよっ！」

「ああ、あなた、うれしいっ……。純佳もイキます……。とろとろの熱い精子で純佳もイクのぉおおおお～～っ」

牝獣たちのあられもない嬌態に魅せられ、将太は超人的な絶倫ぶりを発揮する。何度、彼女たちの媚肉に精を放ったかも覚えていない。

このままでは体を壊しそうなものだが、そこは彼女たちが手厚くケアしてくれる。

以前、循環器《じゅんかんき》系のクリニックに勤めていた莉乃は、その経験を活かし脈拍や心臓のケアを。栄養士の資格も併せ持つ純佳には栄養面を。そして主治医として亜弓は、専門以外のことまで将太の体全般を診てくれている。

美熟女たちのまさしく献身的なつゆだく治療に感謝しながら、将太は何度も何度も白濁をまき散らす。

閑静な住宅街に佇むマンションの一室は、今宵《こよい》、媚肉病院の分院と化している。

一晩中続くつゆだく治療に、複数の男女の艶めかしい喘ぎが絶えることなく響き渡った。


（了）

※本作品はフィクションです。作品内に登場する
団体、人物、地域等は実在のものとは関係ありません。

媚《び》肉《にく》病《びょう》院《いん》のつゆだく治《ち》療《りょう》

〈書き下ろし長編官能小説〉

2024年4月1日初版第一刷発行

著者……………………………………………北條拓人

デザイン………………………………………小林厚二

発行………………………………………株式会社竹書房

〒102-0075　東京都千代田区三番町8-1

三番町東急ビル6F

email：info@takeshobo.co.jp

竹書房ホームページ……https://www.takeshobo.co.jp

印刷所……………………………中央精版印刷株式会社

■定価はカバーに表示してあります。

■落丁・乱丁があった場合は、furyo@takeshobo.co.jp まで、メールにてお問い合わせください。